# 闇にあかく点るのは、
# 鬼の灯か君の瞳。

ごとうしのぶ

角川文庫
20653

目次

# 曼珠沙華

銀座四丁目、三越のライオンの前。

夕暮れ迫る初秋の風が汗ばんだ襟足を掠めて心地よいものの、定番過ぎる待ち合わせ場所に居心地の悪さを隠せず、玄馬真司は立っていた。

非常にわかりやすいこの場所を使うということは、つまり銀座に不案内だと公言しているようなもので、一見して肩書き付きと判る雰囲気の〝三つ揃い〟プラス〝五十代半ばのオジサン〟には、さすがに抵抗があるのであった。

「これが可愛い我が娘の頼みでなければ、誰が承知するかってね」

『パパ、いい？　待ち合わせは五時半、三越のライオンの前ね』

『――どうしてもか？』

『だって他の場所は、わかりにくいんですもの』

『三越の中のティールームはどうだ？』

『デパートの中になんか入っちゃったら、すぐに動けないじゃない。それに、待ち合わせする為だけにわざわざお茶を飲むなんて不経済よ』


不経済。——我が子ながら、しっかりした娘に成長したものだ。

だが幸いなことに、五時過ぎという時間帯は、勤め人が大勢銀座を歩いている時間帯なのである。四丁目交差点界隈も、玄馬真司と似たような恰好のオジサンたちで溢れていた。

それにしても。

「定時に会社を出るなんて、何年ぶりだ？」

待ち合わせの五時半の為に、五時ぴったりに会社を後にした。

バブルが弾けて以降日本の経済は長い冬に見舞われて仕事の全体量が減ったのは事実だが、それでも中間管理職という立場上さっさと定時に帰宅などできようはずもなく——。

戦後およそ七十年、日本の変わり様は凄まじいものがある。戦後の大成長期だけでなく、ここ数年の変化ですら激変と呼んでもおかしくはない。

「俺も随分、変わったものな」

まず、年を取った。ついこのあいだ入社したばかりのような気がするのに、あとほんの数年で定年退職である。

ひとり娘の美代子も今年で二十四。じきに結婚して、孫の顔を見せてくれるであろう。

楽しみなような、オソロシイような。

苦笑しながら、なにげなく横断歩道の向こう、和光へと視線を遣った時だった。ひとりの若者の横顔に、ふっと目が吸い寄せられた。

長めの髪を無造作に後ろで束ねた、どこにでもいそうなイマドキの若者。だが、たくさんの群衆に埋もれているのに、どうしてかそこだけ浮き上がって見える。

その不可解さも然ることながら、あの横顔に、見覚えがあるような……。

「ま……さか」

いきなり鼓動が激しくなった。

タケル⁉

だが——、

「だが、そんなことって、あり得るのか？」

呟いた時、ふと、こちらを振り返った。真司の声に、呼応したが如くに。
目と目が合う。——途端に彼が、ふわりと笑った。
笑って、
『よう、チビ』
と、くちびるが動いた。
それは、知っている人に向けられる笑顔だった。
まるで、疑問の全てを肯定しているかのような、笑顔だった。

ランドセルに差し込まれたセルロイドの筆箱をカタカタ鳴らして、小柄な少年が林と田圃に挟まれた小川の堤を小走りに駆けていた。走ってはいけないと常々医者から釘を刺されていたけれど、気が急いて、それどころではない。
まだ咲いているだろうか。一本くらい、散らずに残っているだろうか。

ひときわ雑草の多い辺りに差しかかると、少年は歩調をゆるめた。呼吸を整えるゆっくりとした足取りで、注意深く堤を見渡す。

だが探すまでもなく、緑の絨毯にポツンとひとつ鮮やかな赤が映えていた。

「あった……！」

少年はちいさく声を上げる。喜び勇んで近づいて、彼は曼珠沙華を摘み取った。

秋の深まりを知らせる、たった一本残っていた遅咲きの曼珠沙華。

『秋彦、いいか、それは死人の花だ。墓に手向ける、彼岸の花だ。そんな縁起の悪い花を部屋に飾るなど、とんでもない！』

厳格な祖母の叱責を、だが、今日は免れることができる。

祖母は祖父と共に東京に住む分家の叔父の所へ、東京見物も兼ねて泊まりがけで朝早くから出掛けていたのであった。

だから、これはきっと、神様が許してくださったんだ。いや、花の種類からして仏様かもしれないが。

濁った血の色にも似た、毒のような赤い花。

けれど、誇らしく堂々と天に向かって咲く華やかな花弁の形や、まっすぐに伸びた強くて長い茎が、秋彦を魅了してならなかった。

「なーにしてんだ、秋彦？」

いきなり頭上に影が差し、驚いて顔を上げると、秋彦よりまるまる頭ひとつ大きい中学生が、ニヤニヤと意地悪い笑みを浮かべて立っていた。

「た、武くん」

秋彦は一歩、足を退く。瞬時に、曼珠沙華を後ろ手に隠した。だが間に合わなかった。

「いいのかー？　彼岸花なんか摘んだりして」

一層ニヤニヤと、武が訊く。

見られてしまった。祖母の次に知られたくなかった相手に。

「そいつを摘むと人が死ぬんだぜ」

「う、嘘だ、そんなの」

「ホントだよ。亡くなる前にうちのじっちゃんが言ってたもんよ。誰かが彼岸花を摘んだからおらは死ぬんだって。秋彦、お前、それ摘んで、誰かを殺す気だな」

「違うよ！」

どうしてそんなに、いつもいつも意地悪を言うのだ。「僕はただ、この花がすごく綺麗で好きだから――」

「彼岸花が好きだなんて、お前は不吉なヤツだなあ」

言うなり、武は手を伸ばした。

秋彦が後ろ手に隠した花を、奪い取ろうとしたのである。

「よこせよ、それ。俺が始末してやるからさ」

「嫌だ、これは僕のだ」

「よこせって」

大きな手で幼く細い手首をぐいと捻(ひね)られ、花は呆気(あっけ)なく地面に落ちた。

素早く拾い上げた武は、

「お坊ちゃんはおとなしくまっすぐおうちへ帰れよ。無理してまた〝療養所〟とやらに行きたくないだろ？」

これみよがしに花をひらひらさせて秋彦をからかう。

生まれながらに、医者からは長く生きられないと宣告されていた子ども。骨格の小ささも、肌の白さも、肉の薄さも、命を永らえるだけで精一杯で、太陽の下では人並みに成長しきれない証(あか)しのようなものだった。

けれど。

「じゃ、あばよ」

手を振り立ち去ろうとした武の背中に、秋彦は思いきり体当たりを喰わせた。

けれど退けないものが、譲れないものが、秋彦にもあるのだ。

だが、同級生たちと比べても大柄の、健康そのものの武に、秋彦の体当たりがさほどの効果のあるはずもなく、

「テメエ、なにするんだよ！」

振り向きざま、武は軽く、秋彦を押し遣った。


「キエ！　タオルと秋彦の着替えを！　急いでちょうだい！」

勝手口に母の声がした。「まあまあまあまあ、アキちゃん、こんなに濡れてどうしたの？」

柱の蔭から覗くと、ランドセルを背負った全身ずぶ濡れの兄の秋彦が、絶え間なくしゃくり上げていた。

「泣いてないでちゃんとお話しして？　誰かにいじめられたの？」

「川に、おち、落ちたんだ」

「まあ川に？　アキちゃん、あなた、小学校からわざわざ川をまわって帰ってきた

の？」

どうしてそんな、遠回りを？

訝しがる母の問いには答えず、兄はひたすら泣き続ける。

本当のことは言えなかった。言えばもちろん叱られる。花を摘みたくて川へ行ったこと。祖母ほどではないにしろ、曼珠沙華を摘んで帰って喜ばれるはずがないのだから。

「落ちたんじゃなくて、落とされたんですよ！」

大判のタオルと着替えを手に勝手口に駆けつけた姉やのキエが、怒りに任せて断言した。「奥様、坊ちゃんに訊くまでもありません。こんなことをやらかす犯人は決まってます。雨宮のひとり息子！」

「キエ、確かめてもいないのに決めつけてはだめよ」

「間違いないですってば奥様！」

キエは手早くランドセルを下ろさせると、「あのイジメっ子、どうにかならないもんですかねえ。ちょっとばかり体格がいいからって大きな顔をして。しかもいじめるのは年下の子ばかり。卑怯ったらありゃあしない」

タオルでざっと兄の体を拭く。

「そうなの秋彦？」

「玄関先ですけど坊ちゃん、シャツ脱いじゃってください。濡れた服を着たままだと風邪ひいちゃいますから」

「川に落ちたのは、武くんが原因なの？」

質問には答えぬまま、兄は更にしゃくり上げ、

「た、武くんなんか、どっか行っちゃえばいいのに！」

服を脱がそうとするキエの手を払うようにして、ワッと母にしがみついた。

泣きじゃくる兄を、

「しようがないわねえアキちゃんは、いつまでたっても甘えん坊さんなんだから」

西陣織の着物が濡れるのもかまわずに、母は優しく抱きしめた。

七つ年上の兄、玄馬秋彦は、その実年齢に見合わぬくらいに幼い印象の、愛らしい顔立ちのおとなしい子どもだった。小柄であることや線の細さは病弱だったせいで、それらを理由によく兄はひとつ年上の雨宮武に（ゆえに、とてもたった一歳しか違わないようには見えないのだが）いじめられては、泣いていた。

雨宮の家は新興の商家で、村一番の財力を鼻にかけ、この辺り一帯の昔ながらの地主である玄馬の家となにかと理由を付けては張り合っていたのだが、家と家とのあか

らさまな確執が、武の兄へのいじめに拍車をかけていたのかもしれない。——だが、弱いものいじめばかりしている武とはいえ、さすがにあまりに幼すぎたのか弟の自分へは、からかいのひとつもよこしたことはなかったのだが。

翌日、キエの心配は的中し、兄は熱を出して小学校を休んだ。

真夏の行水ならばいざ知らず、秋口に水浴びは健康な者でもいただけない。

高熱と闘い呼吸するのも苦しげに布団(ふとん)に横たわる兄の姿を、物心ついてからこのかた何度見たであろうか。儚(はかな)い命を両手でそっと包むように、大切に育てていた玄馬の大人たち。

朝一番に父が雨宮の家へ怒鳴り込み、昼過ぎに武の母親が初めて見る異国の珍しい果物を手に見舞いに来て、その夜、武が行方不明になった。

徒歩で通っていた、七キロほど離れた隣町にある中学校から（当時は皆、それくらいの距離は普通に徒歩で通っていた）夜になっても帰って来なかったのである。

消防団や青年団が総出で捜索しても、武は見つからなかった。誘拐事件発生かと警察が捜査に乗り出したのだが、それらしい気配もまるでなかった。周囲をとことん捜索し尽くし何週間か過ぎた頃、武は神隠しにあったのだと村の年寄りが口にし始め、やがて村人全員が、なんとなく、それで気持ちに無理やりカタをつけようとしていた。

ところが、

「僕が、僕があんなこと、言ったから、どっか行っちゃえばいいなんて、言ったから、……僕が悪いんだ」

いじめられてもいないのに、兄が泣いていた。ただひとり、やり場のない後悔を引きずっていたのである。「キエ、――キエ、どうしよう……」

「違いますよ、坊ちゃんのせいじゃありません。だいたい魔法使いの呪文じゃあるまいし、一度口にしたくらいでそれが現実になるわけないじゃあないですか」

キエの慰めは正論だった。

それらは単なる、不幸な符合だったのだ。


そうして四年が経った初夏、村に一大異変が訪れようとしていた。

村の近くに、日本で二番目の高速道路が通ることになり、買収前提の用地の調査に、政府から大勢の調査団なる人々が派遣されて来たのである。

村全体が、浮き足立った。それまで二束三文の田畑が（山林を含め）いきなり価値を上げたのだから。

だが騒ぎはそれだけではなかった。

高速道路の最有力候補地である村の北側の山中を調査していた最中に、とんでもないものが発見された。生きた人間。年の頃、十七、八くらいの、野生児のような少年が。

保護されたものの、彼はなにを訊かれても応えなかった。名前も、どうして山の中にひとりでいたのかも、どうやって今まで生きてきたのかすら話そうとしなかった。もちろん、言葉は通じていたのだが。

そこへ駆けつけたのが雨宮の家族だった。四年前に神隠しにあった武が帰って来たと、彼らは思った。事実、その少年の面差しは（随分と大人びてしまっていたのだが）どことなく武に似ていたのである。大人たちの談合の結果、なにかがあって武は記憶喪失となり、自宅へ帰ることなく、そのまま山中で暮らしていたのだということになった。雨宮の家は早急に手続きを取り、武を家へ連れて帰った。

武が戻って、秋彦が変わった。長年の罪をやっと償い終えた咎人のように、ようやく秋彦に安堵の笑顔が戻ったのだ。

その夜、雨宮の家にほとんどの村人が集まった。武が無事に戻って来た祝いの宴が行われたのである。体力的に人の多い場所を苦手とする秋彦が、その夜は珍しく、両親に連れられるままに雨宮の家を訪れた。

「武、秋彦くんよ、覚えてない？」

武の母親が秋彦に武を引き合わせる。「覚えていたとしても、こんなに大きくなっていてはわからないわね。秋彦くん、もう、高校生ですものね。あの頃はまだ小学生で、ずいぶんちっちゃかったんですものねえ。でも面影はあるでしょう？　どう、武？」

母親が懸命に執り成しても、武は黙ったまままむっすりとあさっての方角を向いていた。

この四年で、秋彦もかなり身長が伸びたのだが、武は更に大きくなっていた。さすがに頭ひとつ分は違わないが、容易に追いつけそうにない身長差だった。後退り(あとじさ)したくなるような威圧的な怖さは変わらないのに、どこか、なにか、印象が違う。

「あの、……なんにも、覚えてないんですか？」

秋彦の問いに、武の母が頷(うなず)いた。

「記憶がないんですって。わたしのことも、家のことも、まったく覚えていないのよ」

「ねえねえアキちゃん、キオクってなあに？」

シャツの裾を引っ張ってちいさな弟が訊く。

「ごめん真司、ちょっと黙ってて。——おばさん、武くん、本当に、なんにも、覚えてないんですか？」

「そうね、せいぜい日本語を覚えてる程度かしらね」

彼女は苦笑して、「もしかしたらいつか思い出す時が来るかもしれないと、お医者さまはおっしゃってたけれど、——どうかしらね」

「そうですか……」

「それよりね、武、秋彦くんと同じ県立高校に通わせることにしたの。すぐに夏休みになってしまうからもう少し先の話なんだけれど、秋彦くんにお願いがあるのよ。九月の新学期から、武と一緒にしばらく通ってやってほしいの。武が通学に慣れるまででいいんだけれど、どうかしら」

一緒に通学？

これが四年前ならば一も二もなく断るのだが、……なんだろう、

「僕は、かまいませんけど——」

怖いのに、怖くない。むしろ、不可解なくらい武から目が離せない。

「ほら武、武からも、ちゃんと秋彦くんに挨拶なさい」

促され、武は秋彦に向き直ると、まばたきもせずに自分を凝視している秋彦へ、

「人をバケモンみたいに見てんじゃねーよ」

吐き捨てるように言って、ふいと姿を消した。

「武！　──もう、しようのない子ね。記憶がなくても、性格はまるで変わってないんだから。ああ、ごめんなさいね秋彦くん、びっくりさせちゃったでしょ」

「いえ……」

秋彦は短く応えると、心臓の辺りにそっと手を当てた。


「それが、デキが良いらしいのよ」

庭先でキエが誰かと世間話に花を咲かせていた。

自分の部屋で本を読んでいた秋彦は、開け放した窓から入ってくる賑やかなキエの声を、聞くとはなしにページをめくっていたのだが、

「四年間の遅れを取り戻させるとかで、この夏休みに何人もの家庭教師をつけて毎日せっせとお勉強。はいいけど、武くんてそんなにアタマ良くなかったじゃないの。時間とお金の無駄無駄ってこっそり笑ってたのに、それがね、一度教えると、全部、覚

えちゃうんですってよ」

　え？　と、顔を上げた。

「外見は武くんのままだけど、中身はまるで別人のようよねえ」

　運動は得意でも、いまひとつ、勉強は苦手だった武。

　別人？

「でもキエちゃん、あの子は武坊ちゃんに違いないんでしょ？」

「すべての状況からして、他には考えられないわよ」

　秋彦は本を書棚に戻すと、廊下から玄関に向かった。

　上がり框に腰を下ろし、靴を履いているところへ、

「アキちゃーん！」

　真司が背中に飛びついてきた。「外？　ねえ、外に遊びに行く？」

　夏休みだというのに、それまでの〝名前の書かれた布〟を縫い付ける名札ではなく、安全ピンで留める真新しい〝ビニール製の名札〟が嬉しくて、真司は今日も胸に名札をつけていた。

　背中に、ビニールの角が当たって痛い。

「三年一組玄馬真司くん、小学校で、先生に教えてもらっただろ。夏、外に出る時は

帽子をかぶりなさいって。一緒に行くなら、帽子、取っておいで」

「うん！」

——真司の手を引いて、秋彦は田圃の畦道を南へ下る。

「アキちゃん、オタマジャクシ、いないねえ」

田圃に落ちそうな勢いで全身で覗き込む真司の手を、体重ごと引き上げるように繋いで、

「もうみんな、カエルになっちゃったんだよ」

「ええーっ!? オタマジャクシはカエルじゃないよ！　たっちゃんが言ってたもん！」

弟の幼なじみの中で一番勉強ができて物知りのたっちゃん。彼が言うことは、真司の中では絶対だった。

「違うよ真司、オタマジャクシは成長してカエルになるんだよ」

「なんないよ！　オタマジャクシはメダカになるの！　たっちゃんが言ってたもん！」

「からかわれてるんだよ、真司。オタマジャクシから手足が伸びて、尾が縮んでカエルになるところ、去年だって見ただろう？　オタマジャクシはカエルの子だよ」

「違うもん！　だってオタマジャクシとメダカは似てるけど、カエルとなんかゼンゼン似てないよ！　アキちゃん、ホントはオタマジャクシもカエルも見たことないん

だ！」

なにをどう吹き込まれるとオタマジャクシがメダカになるのかは謎だけれど、自分も真司くらいの頃はこんな感じであった。たくさんの根拠のないデマカセを鵜呑みにしていた。

とはいえ、高校生の兄よりも小学三年生の同級生の方が信用があるということに複雑な心持ちになるのだが、それはさておき、憤慨し続ける真司をよそに、秋彦は雨宮の家のそばでゆっくりと立ち止まった。

雨宮の家を視界の端に捉えつつ、

「じゃ、こうしよう。来年の田植えの時期になったら、オタマジャクシをたくさん捕まえて、水槽で飼おう」

言うと、真司が嬉しそうに目を輝かせる。が、すぐに、

「オタマジャクシ捕まえてくると、ばーばが怒るもん。田圃に戻してこいって、すぐ言うもん」

口を尖らせた。

「大丈夫、そのときは僕がばーばを説得してあげるから」

その目で見ればわかるのだ。どんなに信じられない変態でも、自分の目で見て確か

めれば、疑う気持ちなどきれいになくなってしまうのだから。

「あ、タケル！」

突然、真司が声を上げた。

見ると、雨宮の武家屋敷のように大きな門から、武が走って飛び出してきた。田圃の脇に立つふたりに気づき、

「ようチビ！　暇そうでいいな！」

カラリと笑う。

――チビ？

「タケル、遊ぼ！」

すかさず誘う弟に、

「俺は今から逃亡するんだよ、チビ真司になんか、つきあってらんねーよ」

武が言った。

いつの間にか弟は武と仲良しになっていた。そのことに驚き、驚くと同時にどうしてか、静かに胸がざわついた。

「た、武くん、勉強、大変なのか」

できる限りの大声で、田圃の向こうの武へと呼び掛ける。そのとき初めて、――よ

うやく、武は秋彦に視線を合わせた。

「――まあな」

素っ気ない、短い返答。

真司に対するものとはまるきり温度が違う。

避けられている。

距離を置かれている。

嫌われているのかもしれないし、本当のところは定かでないのだが、とにかく武は、秋彦と道ですれ違っても挨拶すらまともに返してはくれなかった。

それなのに、いや、だからこそ、なのか、秋彦は武が気になって仕方がない。

会うと、体が震えるのがわかる。以前はいじめられるのが怖くて体が震えた。だが今は、それとは異なる、もっとこう、胸が苦しいような、ここに引き留めておきたいような、そんな密(ひそ)かな願いに反して平気で背を向けられてしまう切なさで、体が震えた。

「なにか、僕にも協力できることは、ないだろうか」

無意識に、手が、心臓に当てられる。

「逃亡の邪魔さえしなきゃ、それで充分」

「タケルー、神社のお祭り一緒に行こうよー！」

「祭りか？　チビは呑ン気でいいよなあ」

神社の祭り？

「そうだ、武くん、祭り、祭りに誘うよ。そしたら一日くらい、勉強しなくても済むんじゃないのか？」

秋彦が言うと、武は一瞬、秋彦を凝視して、

「へえ……。お前が、俺を、誘いにくるわけだ」

ゆっくりと、言った。

「前以ておばさんに話しておくよ。気分転換にもなるし、それに、毎年行ってた祭りだから、それがきっかけで、なにか思い出せるかもしれないし」

「ふうん」

武は横柄に腕を組むと、「で、祭りって、いつなんだ？」

と訊いた。

「自分から誘っといて、なんてザマだ」

風通しの良い、縁側に面した八畳の和室。

天井から吊るされた虫除けの大きな蚊帳。辺りには蚊取り線香の独特な匂いがたちこめ、縁側の風鈴が時折吹く風に涼しげな音をたてている。

蚊帳の中央に敷かれた布団に横たわっていた秋彦は、

「約束破った上に、真司のおもりまでさせて、悪かったね」

出されたスイカに手もつけず、傍らに胡座をかいたまま、熱心にからくり箱の謎解きをしている武へ、謝った。

「チビ、もう寝たのか」

忙しなく指を動かしながら武が訊く。

「うん。げたを脱いだら、そのままバタン」

「そりゃそうか。アイツ、はしゃぎ過ぎて、途中、歩きながら寝てたもんな」

「──明日は、神輿が出るから」

「はあ？　それ、明日こそは一緒にって、誘ってんのか？」

呆れたように武が秋彦を見下ろした。「キョジャクタイシツなんだって？　無理はやめとけ、ひと夏寝込むなんてことになったら、厄介だろ」

「今日は特に、暑かったから」

「明日もどうせ、暑いんだぜ」

「頼むから――」

「どうして俺なんかと、そんなに一緒に行きたがるんだよ」

カチリと箱が鳴り、「できた。やったね、開いたよ。これ、チビに渡しといてくれ、あいつのだから」

「……うん」

武は箱を枕元に置く。すらりと伸びた褐色の腕が、目に眩しい。

「なんだよ」

訝しげに寄せられた眉。「断っとくが、チビは自分の小遣いでこれ、買ったんだぞ。チビにだけ買ってやって、お前の分の土産はないとか、そういうんじゃないんだからな」

「そんなこと、思ってないよ」

「ならいいけどな」

「うん」

「で、なにが欲しい」

「え？」

「言えよ。ひとつだけなら、明日俺が見舞いの品として買ってきてやる」

だから、祭りに行くのは我慢しろ。

秋彦はそっと息を呑む。――以前の武には、こんな思い遣りのカケラもなかった。

「ヨーヨーがいいな」

「って、中に水の入ってる？」

「そう、それの、赤いの」

「そんなんでいいのか？」

「明日は、暗くなってから花火が上がるんだ。ここからも、見えるから」

庭の木々の間から、ふもとで上がる花火が見える。

「つまりヨーヨー持参で日没前にここへ来て、それから花火につきあえと、そう言うんだな？」

武は苦笑する。「けっこーワガママだな、お前」

たとえ武が別人でもかまわない。どこの誰でも、よしんばヒトでなかったとしても、

「きみに会いたくてたまらないんだ」

「へ？」

驚いて、武は秋彦をきょとんと眺める。「おい、なに寝ぼけたこと……」

秋彦は両手で顔を覆うと、けれど指の透き間から、泣きそうな声で、

「会いたいんだ、――好きなんだ、武」

細く、打ち明けた。


夏休みが明け、高校が始まると、ひとつ違いなれど同じ学年のふたりはたびたび一緒に下校するようになった。秋彦が武を誘うこともあれば、武が秋彦を誘うこともある。

不思議なことに武から誘われる日に限って、秋彦は乗り物の中で調子を崩し、結果、武が玄馬の家まで秋彦を背負って連れ帰ることになるのである。

「タケル、魔法使いみたい！」

真司がはしゃぐ。「どうしてわかるのさ、カッコイーねえ」

外でともだち数人と遊んでいたのに、武が兄を送って玄馬の家に現れたと知ると、ともだちを放って一目散に戻ってきた。

「ただの偶然だよ、チビすけ」

面倒臭そうに武が答える。

だが、百発百中だった。外れたためしは一度もない。

小さな弟は、最初から武を、——山から戻ってきた武を、気に入っていた。

口悪くあしらわれてもチビ呼ばわりでからかわれても真司はまったく気にせず、むしろ楽しげに武にまとわりついていた。

「ねえタケル、一緒に遊ぼうよ」

「あとでな」

「あとっていつ?」

庭先に、真司を呼び戻そうとするともだちの声がした。

「迎えがきてるぞ、チビ」

「ねえねえタケル、あとっていつ? 何年何月何日何時何分何秒?」

「うるせーなあ。秒数まで訊くか? ったく、近頃のガキの流行は細かくて嫌いだ」

しかも、しつこい。

「タケル、約束!」

真司が小指を突き出す。

「どうせいつもの場所で遊んでんだろ」

武は仕方なしに指切りげんまんを返して、「帰りに寄ってやるよ」

言うと、

「やった！」

嬉々として、真司は秋彦の部屋を飛び出して行った。

「――いいなあ」

ぼんやりと、秋彦が呟く。

帰宅するなり布団に横にさせられてしまった秋彦は、傍らに座っている武へ、

「僕も武と、指切りしたいなあ」

「なーにくだらないこと言ってんだよ、お前は」

「武と、約束したいなあ」

「お前の注文は聞きたくないね」

どうせ厄介なことに決まっている。「そうだ秋彦、指切りげんまんよりいいこと、してやろうか？」

「いいことって、どんな――、あ……」

尋ねる口を、くちびるで塞ぐ。

微熱が、秋彦の吐く息にすらも、薄く熱を帯びさせていた。

「――とっとと元気になれ」

くちびるが離れると、武が言った。「ったく、俺の方がお前と約束したいくらいだ」

憎まれ口に、秋彦が微笑む。

「このまま死んでもいいくらい、しあわせな気分だよ」

「ふざけるな」

「ねえ武、曼珠沙華の花、覚えてる？」

「死ぬのなんのと、軽々しく口にするんじゃねえよ。何度言ったらわかるんだ？　え？」

「曼珠沙華を摘むと人が死ぬって、僕に言ったのは武だよ」

「覚えてねえよ」

「覚えてなくても、そう、言ったんだ」

秋彦はちいさく呼吸(いき)を整えると、「言われた次の日に武が行方不明になって、あれは本当のことだったんだと怖くなって、僕は、いっそ自分こそ死ぬべきだと、ずっと、思ってた」

「ああそうかい」

「死ぬのは、怖くなかった。どうせ、生まれながらに余命いくばくもないと医者に宣告されていたんだ。なのに、何故か、生きながらえてしまった」

「良かったな、おかげで俺と再会できたじゃないか」

秋彦はじっと武を見ると、

「再会？」

ゆっくりと、訊いた。「本当に、再会なんだね？」

「そうなんだろ？」

「あの武とこの武は、同じ、武なんだね？」

「そう言ったのは、お前たちだぞ」

「僕じゃない」

そうであって欲しいと望んだ、大人たちの結論だ。

「なら、好きに解釈しろよ。俺はどっちでもかまわないんだからな」

「そんな、突き放した言い方、しないでくれ……」

頼むから。

「じゃあ反対に訊くけどな、秋彦、あの武とこの武、同一人物だから好きなのか？

それとも、別人のようだから好きになったのか？」

秋彦は、答えに詰まる。

「いいか、お前がこだわってるから敢えて俺は訊いてるんだぞ。俺があの武じゃないとしたら、あの武と俺と、どっちが好きなんだ」

「あの武は、僕をいじめてばかりいた」

意地悪ばかり、されていた。とても好きには、なれなかった。「でも、ずっと気になってた。何年後でもいいから、生きて、無事に、戻ってきて欲しかった」

「生憎（あいにく）と、俺にはお前をいじめた覚えも、お前との思い出もありはしないよ」

「武……」

「だからもう、昔のことにはこだわるな。忘れちまえよ、なにもかも」

――なにもかも？

「俺もお前が好きだよ。多分、あの武も、お前が好きだったんだよ」

「まさか」

「関心を惹（ひ）きたくて、好きな子に限ってわざといじめたりするじゃんか。――コドモな遣り方だけどな」

武は秋彦の額にそっとキスすると、「だがな、俺にはあの武にお前を譲る気はないんだ。わかるか、俺の言ってること」

秋彦は、黙って頷く。

惹かれたのは太陽のようなこの存在。あの武が自分を好いていたとは到底信じられないが（仮定であれ、本人がそう言っているのに疑うのは失礼だが）よしんばそれが事実だったとしても、あの武と抱きあいたいとは、正直望まなかったであろう。

「――お前が本調子なら、このまま帰ったりしないんだけどな」

鞄を手に、武が立ち上がる。

それを目で追い、

「僕も、そのまま帰したり、させない」

秋彦が、言う。

「へえ、こりゃ次に会うのが楽しみだ」

廊下に、慌ただしく近づく何人かの足音がした。「やっと主治医のご到着だ」

「武」

「なんだ？」

「まだ、帰らないでくれ」

「今日はもう帰るよ。チビとの約束もあるしな」

「すぐに本調子に戻るから」

「戻ってから言え」

じゃな、と武が部屋を出るのと入れ違いに、看護婦を伴った白衣の医者が深刻な表情を瞬時に隠して、秋彦の部屋へ入って行った。


それから二週間、秋彦は寝床を離れられなかった。

慢性的に、悪くなっている。どこがどう悪いというのではなく健康値というトータル値があるとしたら、その数字が徐々に減りつつあったのだ。

「十月になったら急に、陽気が秋めいてきたな」

今年は残暑が厳しかったのに。

「それで、なんだか寒い感じがするんだ」

「寒いのか、秋彦？」

背中を、優しく引き寄せられる。

武の腕の中は、溜め息が出るほど温かかった。

「汗、かいたからな。──病み上がりの患者にこんなことして、俺、医者から大目玉を喰いそうだ」

「でも、療養中は、ちゃんと自粛してた」

「なー？　偉いよな、俺たち」

家人の寝静まった秋彦の部屋、夜中にこっそり忍び込んで、飢えを満たす子どものように、闇雲に互いを求め合った。

しっとりとした秋彦の背中を優しく撫でながら、

「お前、秋に生まれたわけでもないのに、どうして秋彦なんだ？」

武が訊く。

「祖母が、秋が好きなんだ。実りの多い、穏やかな季節だろ？　僕の人生が少しでも穏やかで実りあるようにって、そう願って」

「愛されてるな」

「うん」

「今も、死ぬのは怖くないのか？」

秋彦は、抱きしめられた武の腕の中で、そっと目を閉じると、

「今は、死にたくない。武と一緒に、ずっと生きていたい」

「最初のうち、どうして俺がお前を避けてたか、理由を教えてやろうか？」

「――やっぱり、避けられてたんだ」

「お前は俺と出会わなければ、ずっと生きていられるんだよ」

武のセリフに、秋彦は不思議そうに顔を上げる。

「なに、それ」

「虚弱体質と寿命の間に、因果関係はないからな」

「どういう意味？」

「俺とかかわりあいにならなければ、お前は、虚弱体質であろうと長生きできるって意味だよ」

「そんなこと――」

「なのに、お前が俺に近づいてきた」

「僕の寿命と武の間にだって、因果関係なんかありはしないよ」

「あるんだ、それが」

「ないよ」

「俺は、お前が大切だった。だからこそ、お前を避けてたんだ」

「ないよ。第一、僕のことなんか、覚えてなかったはずだろう？」

記憶喪失なのだから。「わけのわからないことばかり、言わないでくれ」

「俺がいつ、記憶がないなんて言った」

「――違うのか？　じゃあ、全部、覚えているんだね？　曼珠沙華のことも、本当は――」

「覚えてるさ、俺の人生に関してはな」

「つまり……」

秋彦はひっそり、息を呑む。「きみは、武じゃ、ないんだね」

「そうだよ、俺は武じゃない」

「でも、武と呼ばれて、否定しなかった」

「いかにも。俺の名前はタケルだからな」

皮肉な偶然。ウソのひとつもついてはいない。

「待って」

秋彦は困惑に、視線を泳がせる。「つまり、――つまり、今、ここで、その話を僕にしたということは、つまり、どういうことなんだい？」

「今夜でお別れだということだ」

秋彦の全身が、ビクリと硬直した。

すかさずぎゅっと抱きしめて、

「心配するな、お前にだけは、また会いにくる」

動揺で、脆弱(ぜいじゃく)な心臓が止まってしまわないよう、願いながら、抱きしめる。

「タケル……」

「理由は、明日になればわかる」

「タケル、嫌だ」

「俺は、ここにいるわけにはいかないんだ」

「嫌だ」

「村は出るが、そんなに遠くには行かないから」

「一時だって離れていたくないのに？」

「秋彦」

「タケルがいるから、タケルがいたから、頑張れた。熱が出ても、体中が痛くても、治ればタケルに会えると思って、なのに」

「会いにくるから」

「僕も行く。だったら、僕がタケルと一緒に行く。足手まといにはならないから、村を出るなら僕も連れて行ってくれ」

「無茶言うな」

家の中ですら満足に移動できないその体で、どうやって。

「なら、毎晩、会いにきてくれるか？」

「わかった」

「絶対だぞ」

「その代わり、なにが起きても動揺するなよ」

「――なにがって、なにが？」

「明日になれば、わかるから」

釈然としないまでも頷く秋彦に、タケルは指で秋彦の髪を梳(す)くように撫でながら、赤子を慈しむ母親のように微笑んだ。

それはみごとな、曼珠沙華の群生地だった。

辺り一面びっしりと、赤い絨毯が敷き詰められたような、それはみごとで、艶(つや)やかで、だが禍々(まがまが)しい、魔性の女の妖(あや)しいくちびるのような場所だった。

武を見つけた高速道路の調査団のひとりが、同じ山中で偶然群生地を発見したのだが、彼は同時に別のものも発見していた。群生地の中央付近にぽっかりと開いた、直径六十センチほどの細い竪穴(たてあな)。深さは二メートル弱。天然の落とし穴のように葉で入り口が塞がれた、けれどたいして危険とも思われない（現に彼は足を滑らせて穴に落ちかけたものの、筒へ斜めに差し込まれた棒のように、体のどこかが壁面の途中で引っ掛かって落下は免れたのである）竪穴なのだが、どうやらそれは〝大人にとって〟という但し書きが必要なようであった。

穴の底に、完全に白骨化した、子どものちいさな遺体があった。肩に下げた布の中学生鞄、名前の縫い取りは『雨宮武』だった。そして、白骨が胸の前、両手で抱きしめていたのは一本の（枯れて茎だけかろうじて残っていた）曼珠沙華の花だった。

村の騒ぎは半端でなかった。その日、朝から雨宮の家では武の姿がなく、家族が心配していた矢先、警察から連絡が入ったのである。

武を武と信じて疑いもしていなかった母親は、発見された遺品を見ても、それが自分の息子の遺品だとは容易に納得できずにいた。

頭蓋骨が大きく陥没していたことと首の骨が折れていたこととで、死因はそれらによるものと判断された。恐らく即死である。

どんなに体格が立派でも、所詮、十三歳の子どもの体では、穴のどこにも引っ掛かることなくそのまま落下してしまったのであろう。落下の過程か落下の衝撃かで、どこかにひどく頭を打ち付けてしまったのだろう。

大ケガを負ったまま穴から抜け出せず、助けを求めて、求めて、求めて、絶望したまま餓死したなどとそのような最期でなかったことが、せめてもの救いになるのかど

うかはわからないが、

「すごく、大きな子だと、思っていた」

いじめられていた威圧感と、平均値より遥かにちいさかった己のせいで、ものすごく大きかったと、錯覚していた。

なんだ……。

自分があんなに恐れていた武は、あどけない中学一年生だったのだ。

寝床からは離れられたものの、大事を取って高校を休んでいた秋彦は、自分の部屋の中、いつタケルが訪れてもいいように窓を開けて、待っていた。

『明日になればわかる。俺は、ここにいるわけにはいかないんだ』

「……このことだったんだ」

昨夜タケルが言っていたのは。

秋彦は、改めて、あの日のことを反芻する。

精一杯の体当たりを喰わせてもビクともしなかった武。反対に、振り向きざまに軽く押されただけで足元がふらつき、自分は川へ落ちてしまった。だがその時に、武の手から曼珠沙華が川へと落ちた。これぞ天の好機とばかり、全身ずぶ濡れになりながらも咄嗟に伸ばした手の先を、武が意地悪く遮った。

川下へと流れ去る曼珠沙華。

「最後の一本だったのに、残念だったな」

言われて急に、涙が出た。

悔しさと、情けなさと、憎さと、怒りと、いろんな感情が渦を巻き、泣きながら一目散に家へ帰った。

武はあの場所を知っていたのだろうか。それとも、調査団のように、偶然あの場所を発見したのだろうか。山の中は、ふもとより季節の訪れが僅(わず)かに遅い。ふもとで終わってしまった花の季節も、山の中ならかろうじて続いているかもしれない。そう思って、山に入ったのだろうか。

『多分、あの武も、お前が好きだったんだよ』

秋彦が熱を出した日のこと、だからあれは、見舞いの品だ。

大人の目から見れば、その縁起の悪さゆえ見舞いの品には相応(ふさわ)しくないとしても、あれは、そういうことだ。

「タケル……」

胸の前、大切そうに曼珠沙華を両手で抱きしめていたという武。

穴に落ちたその瞬間、我が身でなく、咄嗟に花を庇(かば)うだなんて。

『お前が好きだったんだよ』

そうかもしれない。

だが、そうじゃないかもしれない。

特別に好きでなくても、自分のせいで熱を出した相手にお詫びを兼ねて見舞いを届けようとするのは、決して不自然な行為ではない。むしろ普通のことなのだから。

わからないことばかりでも、確実なことがひとつある。

武は、曼珠沙華を摘みに行って、死んだのだ。あの時、武が言っていたように、曼珠沙華を摘んで、人が死んだのだ。

指が震える。

「――なんて惨い結末だ」

寒くはないのに、ひどく体中が震えていた。

『あの武も、お前が好きだったんだよ』

「違う、タケル」

『好きな子に限ってわざといじめたりするじゃんか』

「そんなはずない、タケル」

『その代わり、なにが起きても動揺するなよ』

動揺なんかしないから、だから、

「早く、……早く来てくれよ、タケル」

胸が、苦しい。呼吸が、できない――。

秋彦は心臓の辺りをきつく掴んで、畳の上にうずくまった。

あの子は、長年祀っている地の神様の化身かお使いだったのだと思われた。雨宮の家の者も、村の者も、タケルがいてくれたおかげで随分と慰められたからだ。なによりの証拠に、武の遺体発見と入れ替わるように忽然と消えてしまったタケルは、その後、二度と村に現れることはなかったのである。

二週間ほど寝込んだ兄は、一度は持ち直したものの心労からか再び病の床につき、一ヵ月と経たずに他界してしまった。

両親と祖父母の悲しみは相当なもので、優しい兄と大好きなタケルを同時に失った自分も、子どもながらにかなり切ない想いをしたことを、今でも覚えている。

「パパ、お待たせ」

美代子が交差点を走って来た。「電車一本乗り損ねちゃった。遅れてごめんなさ——、どうしたの？」

「ぼんやりして。そんなに待たせた？　待ちくたびれちゃった？」

「いや」

玄馬真司は引き寄せるように娘の肩を抱くと、「そんなでもないよ。そうじゃなくてね、昔のことを、いろいろ思い出してたんだ」

「え？」

「昔のことって。あ！　若くして亡くなった、美少年のお兄ちゃまのこととか？」

歌舞伎座方面に、歩きだす。

からかう美代子に、苦笑を隠せず、

「兄のこともそうだが、とても不思議なことがあってね――」

あれは、夢の続きだったのか。

夜中に厠へ行く途中、仏間でちいさな物音がして、なんとなしに仏間を覗くと、暗闇にふたつの赤いものが光っていた。

寝ぼけていたせいなのかもしれないが、お化けか幽霊か、普段ならば咄嗟に怖いものを連想する自分がその時に限って怖さも感じず、闇に浮かぶ猫の両目のようなふたつの赤い点に、違和感すら感じなかったのである。

翌日、仏壇の蠟燭に火を灯そうとした祖母がそれに気づいた。誰が供えたのか、そこに、赤いヨーヨーがひとつ、置かれていた。

兄の最期がどんなだったか記憶に残ってはいないのだが、誰もが兄の死を間近に予感している中で、当の兄だけが、すぐに元気になって見知らぬ土地を旅するのだと、口癖のように言っていた。その夢見るようにしあわせそうな表情を、今もはっきりと覚えている。

「美代子、何十年経っても姿が変わらないとしたら、それは一体なんだろうか」

「吸血鬼」

即答する娘に、真司が笑う。

彼に牙などなかったが、

「ははは、どのみち、人間ではないんだろうな」

「なあに？　なんの話？」

「いや、なんでもないよ」

『よう、チビ』

だとしたら、こんなに老けてしまった自分を彼がわかってくれたとしても、やはり不思議ではないのだろう。

懐かしい、タケル。きみは、幻ではなかったんだ。

闇にあかく点るのは、鬼の灯か君の瞳。

# 晩春雷

予兆なくいきなり夜空を切り裂く閃光。

一瞬にしてあたりが昼間のように眩しく輝き、空振と、直後の激しい衝撃音と地響きと悲鳴。

「びっくりした。なに？」

「落ちた、雷だ、近いぞ」

反射的に建物の陰に隠れる人もいれば、雷がどこに落ちたかを見極めようと周囲に視線を巡らす人もいる。

だが。

「さっきの本当に雷か？」

落ち着いて仰ぎ見ると、空にそれらしい雲はない。

月の出ている明るい夜空、落雷を疑いたくなるような晴れた夜空なのである。

電気が伝わる時のあのばりばりという独特な雷の音を耳にしていなければ、人工衛星を使ってどこかの国が攻撃を仕掛けてきたのかと疑いそうなところだが、よほどの陰謀マニアでもない限りそのような発想はしないであろうくらいには、ちゃんとした自然の落雷であった。

「落ちたの、あのへんだよな」

誰かが言ったそばから突然、暗闇に炎が燃え上がった。

「火事だ」

「さっきの落雷で？」

帰路を急いでいたはずの人々が、足を止めてそちらを見遣る。

「あれどのあたりだ？」

ビルとビルの細い隙間に真っ赤な炎が見える。陽のあるうちならばきっと、炎の上に勢いよく上る黒煙も見て取れたであろう。

再び、どん！　と空気が揺れて、炎が更に高くなる。

「うわ、怖っえー」

「今のって爆発だよな。なにに引火したんだ？」

「落ちた先がガソリンスタンドだと厄介だなあ」

駅に続くロの字形の歩道橋、回廊のような歩道橋のあちらこちらで人々が心配そうに火事の様子を遠く窺う。

唐突に。

どこからともなく少年がひとり、空気を割ってするりと現れたことに、だから誰も気づかなかった。

ざわめく人々の間を抜けて駅に向かう。火事の様子をもっとよく見ようと、足を止めるどころかわざわざ歩道橋に上がってくる野次馬が何人もいるのに、人々の流れに逆らって歩道橋を駆け下りながら、

「任務完了」

ちいさく呟いた。

触れてもいないのにノートサイズのモバイルが勝手に立ち上がった。

画面がぱあっと明るくなり、これまた勝手に文書作成画面が表示される。そしてそこに、文字が並んだ。

事情を知らなければ、ハッキングされてウイルスか何かで遠隔操作されているので

はと恐怖を感じるところなのだが、

「ブンさん、タケルからですか？」

隣から画面を覗き込んで木更津が訊いた。

「ああ、終わったとさ」

『ニンムカンリョウ。』

「あいつ、相変わらず電報みたいな打ち方しますね」

木更津が笑う。

「漢字変換するのが面倒臭いからカタカナ使ってんだよ、とかほざくわりに、なんでか、文末にちゃんと〝丸〟を付けてよこすんだよな。律義というかご丁寧というか」

ブンさんも笑う。

「漢字変換が面倒臭いなら、むしろそこはカタカナじゃなくひらがなじゃないんですかね？　その方が一手間少ないんじゃないですか？」

木更津のセリフに、

「かもな」

恰好つけてさっくり同意してみたが、カタカナとひらがなでどう一手間変わるのかは生憎とわからない。

「なので俺としてはそのあたりに、いっそこだわりを感じるんですよ」

昨今台頭目覚ましいデジタル機器に関してとんと詳しくない身としては、故に木更津の分析の正誤に関してもまったく以(もっ)てさっぱりだが、それはそれでかまわない。

「この電報スタイルにか？」

どのみちこの世のほとんどは自分にはまったく理解できないことだらけなのだから。

「タケルならではの敢えての電報スタイルと言うか、だってタケルって、ああ見えてけっこうなトシヨリって前にブンさんが。電報なんて今では滅多(めった)に、ほら、結婚披露宴の祝電くらいでしかお目にかかれませんけど、確か昔はよくある通信手段だったんですよね？」

「まあな。らしいな」

「ブンさんが子供の頃って、やっぱそんな感じだったんですか？」

「そりゃあ俺の親の世代の話だよ。俺の世代は子供の頃に家に黒電話がやって来たんだ。じーころころってやつがさ」

「じーころころ？　というか、黒電話ってなんですか？　公衆電話は緑とかシルバーグレーだから、家電話は黒限定だったってことですか？　選択肢なし？」

「あったかもしれんがうちのは真っ黒だったねえ。それと、公衆電話は赤だよ木更津、赤電話」

「赤電話、ですか。それは……派手ですね」

「目立ってたなあ。町に信号機なんかもほとんどなかったからなあ、あの赤は目立ったねえ。それこそ郵便ポストと並ぶ二大真っ赤っ赤だな」

「家の電話が真っ黒で、公衆電話が真っ赤って、よくわからない配色ですね」

木更津はブンさんの顔をしみじみと眺めて、「昔の日本人のセンスってよくわからない……」

左右に首を振る。

「そうかー？　俺はなんの疑問もなく使ってたけどな」

基本、大雑把なブンさんは、「赤電話に限らず途中から黄色だピンクだ出てきたからそのあたりはどーでもいいが、あれだな木更津、電話ひとつ取っても俺たちゃあじぇねれーしょんぎゃっぷが激しいなあ」

豪快にわはははと笑う。

その間に文章が消えた。じわりと、画面の後ろに引き込まれるように。

「おわ……っ」

何度目にしても、木更津はこれに慣れない。

しゅっと消えるのならば、デリートなりバックスペースなりクリアなりを使った時と同じなので見慣れた光景なのだが、じわりと滲むように消えられると、なんだかオカルトの映像を見せられているようで、背中がぞわぞわっとするのだ。

とはいえ勝手にモバイルが立ち上がり、勝手にソフトが立ち上がり、勝手に文字が現れて、勝手に消える、この一連の事柄どれひとつとってもバリバリのオカルト現象なのだから、消え方くらいでぞわぞわするのもどうかと思うが。

文字が消えソフトも閉じられ画面が勝手に暗転すると、

「ほんじゃ、ま、行くか」

モバイルを後部座席へぽんと放り、ブンさんはガッと車のエンジンを掛ける。

助手席の木更津は放られたモバイルを心配そうに振り返り、

「こんな若造に何度も言われてイヤでしょうけどブンさん、精密機械の扱いにはもう少し気をつけてくださいよ」

配給されている備品だけに、壊したら後がとても厄介だ。

だが万事に基本、とても大雑把な先輩は、

「相変わらず心配性だなあ、木更津」

からりと笑うと発車の合図のウインカーを出した。

走り始めてすぐに、遠くから徐々に近づく複数の消防車のサイレンが聞こえ始めた。

「……現場、俺たちが一番乗りですかね」

木更津が言うと、

「三番手あたりになるように、のんびり行くさ」

ブンさんがまた笑った。


「──っと」

すれ違いざま、誰かと肩がぶつかった。

歩道橋へと急いでいるところからして、ちっ、コイツも野次馬のひとりかよ、くっだらねえ。と、謝る気が失せたものの、

「悪ィ」

一応ここは、告げておく。

柔らかいナイロン素材のスクールバッグを心臓のあたりでぎゅっと抱きしめるように抱えた、俯きがちのメガネの少年が、

「こ、こちらこそ、すみません」

下を向いたままちいさく会釈して、歩道橋へと急ぎ足で向かう。

駅の向こう側、桐嶺ヶ丘と呼ばれる小山のてっぺんに建つ私立桐嶺学園高等学校の制服だ。

もう夜の八時近くである。こんな時間に制服姿ってことは、部活帰りか、駅前の学習塾への行きか帰りか？

てか、そんなことはどうでもいい。

さっさと帰ろう。やけに胸がざわついて、こんなエリアに長居は無用だ。

行きかけた時、背後から女性の鋭い悲鳴が聞こえた。そして、

「誰か！　その子捕まえて！」

と叫ぶ。

なにごとが起きたのかとタケルが背後を振り返る前に、誰かに腕を強く摑まれた。

「逃げるな小僧！」

怒鳴られ、咄嗟に反対の腕も別の誰かに摑まれる。

身動きが取れぬまま目だけでちらりと背後を窺うと、さっきの高校生が地面にうつぶせに倒れていた。高校生の傍らに膝をついたＯＬ風の女性がタケルを指さし、

「その子、この子にわざとぶつかってケガさせたのよ！　暴行犯よ！」

と、断言した。

——おいおい。


「……おいおい」

ブンさんが苦笑する。「なーにやってんだ、え、タケル？」

「さあ？」

駅前の交番。

「あっちの片付けするつもりだったのに、なんで俺はここに呼ばれたかな」

ブンさんが訊く。

「身元引受人が必要だって言われたからかな」

タケルは言うと、「木更津は？」

と、周囲を見回した。

「あっちに行ってるよ、決まってるだろ」

ブンさんは答え、交番の警察官へ、「で？　コイツ、無実なんだろ？　連れて帰っていいんだよな」

と訊いた。

身元引受人が交番と同じ管轄エリアの刑事ならば、これ以上楽勝なことはない。しかもタケルは冤罪であった。

「なーにやってんだか」

しつこくからかいながらブンさんはタケルを後部座席に乗せ、「後ろの席でもちゃんとシートベルトしろよ」

命令して、車を出す。

「……まさか、現場に行かないよな」

「仕方ないだろ、少し付き合え」

ブンさんは言って、「なんだったんだ、いったい」

と訊いた。

「さあ？　たまたま、俺とぶつかった直後にふらっとして、倒れたらしい」

「脳震盪を起こすくらい激しくぶつかったのか？」

「んなわけないだろ。すれ違いざまに少し肩が当たっただけだ」

「じゃああれか？　持病かなんか持ってたとか？　寝不足だったとか？」

「さあね。でも倒れたけど気絶したわけじゃあなかったから本人によりその場で俺の冤罪は晴れたけど、誰かが交番の警官呼んじゃって、でまあ一応、中で話を伺いましょうてな展開になっちまったんだよ」

「一応話を訊かれただけで、なんで俺が身元引受人として呼ばれるんだ？」

「俺、身分を証明するようなもん持ってないし」

「身分を証明？　ああそうか、手続き上、名前や住所訊かれたか」

「それを口頭で答えても証明するもんないと解放してくれないだろ、冤罪でもさ」

「確かに」

「それにあんたの名前を出せば一発だし、陽介呼ぶより安全だろ？」

「そりゃそうだが……」

ブンさんは声を低くして、「チカラ、使えば良かったのに。得意だろ、人心操作。そしたら、きれいさっぱり無かったことになっただろ」

「今日はもう、なんにもしたくなかったんだよ。疲れてんだ。あれのせいで」

タケルが示す火災現場のぎりぎりそばまで車が進む。

消防車や救急車、その他緊急車両が大挙している一角に車を停めるとブンさんは、

「犯人はソッコー現場に戻る。ってな」

意味深長にニヤリと笑って、「気に入らないだろうが俺が戻るまでしばらく車の中

にいろ。外には出るなよ、勝手に帰るな」

言い置いて、消火活動の最前線へと走って行った。

火災現場は何年も前に廃業し閉鎖された、現在は住む人も使う人もいない廃工場である。にもかかわらず火柱は高く上がり、消火は困難そうだった。

夜の闇に轟いた閃光と雷鳴、落雷による火災だと多くの人が知っているので火事そのものには疑問はないが、廃工場の火災にしては火の様子がおかしいことに消防士たちは気づいているし、焼け跡からなにが出てくるのかを心中密かに手薬煉引いて待っている者たちもいる。

『廃工場ったって、無断で入れば法律違反だ。ガキがこっそり秘密基地にするのとわけが違う、警察官ってだけでハードルが上がるんだよ。コーコーセー同士の恋愛は自由でも教師と生徒となると俄然話が別になるようにな』

せっかくパトロールの警官が廃工場に出入りする不審な人影を（そこを寝所にしているホームレスかもしれませんがとわざわざ予防線を張って）たまに見かけると報告を上げたのに、悪さをしないのならば放っておけと一蹴された。

『こんなんじゃ立ち入り許可の令状なんか取れやしない。もしやれたとしても申請している間に逃げられちまう。もぬけの殻んなか必死に探して、うまいこと証拠が出たところでいつの間にやらどこかでうやむやにされちまう』

要するに、既に何度か試みは失敗しているということだ。

あの廃工場で違法な薬品が作られていた。反社会的な薬品だ。その利益が反社会的行為を行う集団と、それらを取り締まる組織の一部に流れていた。

そう、話はかなり厄介なのだ。そしてどんなに厄介でも、このまま捨てておけない人たちが少なからずいるのである。

『ということで、ここはタケルに頼みたいのさ』

天災ならば誰もなにも文句は言えない。誰も、なにも、疑われない。

製造元が失くなったところで不正が無くなるわけではないが、収入の元となるブツの供給が一時止まる。せいぜいが時間稼ぎだがそれでも、止まらないよりはましである。なにより、消火活動の後で消防が犠牲者の有無の確認の為、先ずは現場に入る。入ることができる。火元の特定等の実況見分に関しては、廃工場の持ち主が断固拒否すれば行えないであろうが、もしそんなことをしたならば大変に怪しまれることとなる。なにせ火の上がり方が異常である。爆発まで起こしているのだ。ここは現役の化学薬品工場ではなく廃工場なのだ。故に、消防の判断如何で警察の登場となるやもしれない。爆発の原因が探れれば、公明正大に大きな一歩を踏み出せる。

『力を貸せ、タケル。――お前にならできるだろ？』

ヒトの形をしているけれど、おそらく最初は人間だったに違いないが、今となってはものの怪と呼ぶ方が相応しいであろうタケル。電気や電流を自在に操り、いつ果てるとも知れぬ時の中を生きている。少年のままの姿で、延々と。

「……あれ？」

花火見物の客のように、不謹慎ながら楽しそうに火事を眺めている野次馬の中に、さっきのメガネ高校生を見つけた。

具合が悪いのに火事場の見物か？

さっさと家に帰ればいいのに、

「どんだけ酔狂なんだ？」

呆れたが、だがそのメガネ高校生は野次馬の中にいたものの、火事を見てはいなかった。相変わらずスクールバッグをぎゅっと胸に抱きしめたまま、不安げな眼差しで火事場に集まった人々を見回していた。ふと、その眼差しが一点に留まる。

彼が凝視する先に釣られるように視線を向けて、タケルは短く息を呑んだ。――勘弁しろよ。

「そういうことかよ、おい」

視線の先にアイツがいた。

遠くからでも一目でわかる、凛(りん)とした空気感。

やっぱりだ。ずっと感じていた胸のざわつきは、やっぱりそういうことだったんだ。

ここから一刻でも早く立ち去りたかったのは、そういうことだったんだ。

辺境の地に何十年と籠(こも)ってまでも必死に出会いを避けてきた、会いたくて、会いたくない人。この世で一番、大切な人。

何度生まれ変わっても、どことなく面差しが似ているアイツ。自分と出会いさえしなければしあわせな、おそらくしあわせで長命な人生を歩めるであろう、恋人。

なのにここにお前がいるのはどんな因果だ？

いきなり運転席のドアが開き、

「鎮火までどれだけかかるか時間がまったく読めないから、タケル、ひとまず送るよ」

木更津が運転席にどさりと座った。

――良かった。アイツから離れられる。

桐嶺のメガネ高校生にじっと見られていたということは、制服こそ着ていなかったがアイツも桐嶺学園に通っているということか？　もしくは、この界隈(かいわい)に住んでいるのか？

どちらにせよ、もうこの街にはいられない。

アイツと出会うわけにはいかない。


「品ちゃん、今日もクラブの朝練なの？」

母の小夜子が複雑な表情で声を掛けた。

「同好会じゃなくて部活」

入部以降かれこれ数十回目の訂正をして、「だってママ、インターハイの予選もう始まってるんだよ」

御影石の敷き詰められた玄関、室内床より一段低い老舗旅館にあるような立派な一枚板の上がり框に腰を下ろし、スニーカーの靴紐を縛りながら品子は応えた。

「インターハイの予選が始まってても、一年生のあなたにはまだ関係ないでしょう？」

「直接の戦力にはならなくても、インターハイに向けて部内の雰囲気盛り上げに協力するのも新入部員の大事な務めよ、ママ。それに次の日曜日からいよいよ、テニス部も北高で地区予選が始まるの」

自転車の鍵を制服のひだスカートのポケットから取り出した品子に、

「高校に入学してから毎日毎日テニスばかりで、そんなんじゃ、ボーイフレンドのひとりもできないじゃないの」

不服そうに、小夜子が続ける。

品子は物分かりのよすぎる母親へ振り返り、

「フッウ、親は反対のこと、言うのよ」

勢いよく、立ち上がった。

「アイドルにだって負けないくらい、こんなに可愛く産んだのに、未だにボーイフレンドのひとりもできないなんて、ママ、不条理を感じるわ」

「気に病まないで。そのうちボーイフレンドのひとりくらい連れてくるから」

スクールバッグを肩に掛け、「じゃ、行ってきます」

ガラガラと、大きくて重たい玄関の格子戸を横へ引く。

「雨月くんは――」

「え？」

品子は戸を途中まで開けたまま、再び小夜子を振り返った。

小夜子は何故か慌てた様子で、

「あ、雨月くんは、元気にしている様子？　ホ、ホラ、いつだかの夜に、急に発作を起こしたとかで、しばらく入院していたでしょ？」

「それ、春休みの検査入院のこと？」

ここしばらく発作を起こした話は聞いていない。ではなくて。「雨月さんは、私なんか相手にしないと思うよ」

小夜子の魂胆は、百年も昔から読めている。

「え？　あら？　どうして？」

この疑問文には、ふたつの意味が込められていた。

どうして自分の思惑がアッサリ品子にバレてしまったのか、ということと、雨月が品子を相手にしないと、どうしてそんなことが品子にわかるのか、という二点。

「私も、雨月さんは好みじゃないの」

「あらあ、どうしてなの？」

小夜子はあからさまに、不満げに眉を寄せた。

男なのに〝綺麗〟という形容詞が似合うだなんて、そんな人の横に並ぶのは遠慮したい。――とは、さすがに言えない。

「私、もっと大人で、頼りがいがあって、スポーツ万能とまでは望まないけど、せめて一緒にテニスができるくらいの人がいいの」

「品ちゃん……」

「遅れるから、もう行くね」

平屋の大きな日本家屋。

品子は、玄関脇の軒下にとめてある自転車の前カゴへ荷物を入れると、思いっきりペダルを踏み込んだ。

玉砂利を敷き詰めた、玄関から門までの小路。

砂利でタイヤが滑って転ばないよう器用にハンドルを操りながら、車道に出る。

雨月のことは、嫌いじゃない。一学年違いの雨月と品子、だが、幼なじみと呼ぶには彼はあまりに『深窓の令息』で、品子の知るどの男の子たちより〝遠い〟印象があった。

それに品子は知っているのだ。母の雨月へのこだわりはせいぜいがあの程度だが、父は違う。千賀善之。学園長である父は、自分を雨月と結婚させて、桐嶺学園の何もかもを手中に収めようとしている。その為に品子を利用しようとしている。

「たとえ好きだって、結婚なんかしないもん」

しあわせになる為に、結婚するのだ。

大好きな人と、愛しい時間を分かち合うために、結婚するのだ。

「パパなんか、大嫌い」

品子はまっすぐ前を見つめて、一心にペダルを漕いだ。


「――落雷が原因で出火した何年も使われてない廃工場で爆発って、昨夜のは随分とおかしな火事だったんだなあ。地下に不発弾でも埋まってたのかな。それにしても、冬になると火事が増えるのはよく聞く話だけど、冬でもないのに最近は火事が続くねえ。近所でぼや騒ぎが数日前にあったことだし、うちも気をつけないとなあ」

朝刊を広げながら、のんびりと陽介が言った。「タケル、目玉焼きの目玉もちゃんと食べなさい。好き嫌いしてると背が伸びないよ」

「なら自分が食えよ、身長の為に」

さほど変わらないのになにを言う。

「僕はもう諦めてるんだよ。二十代後半ほぼ三十路ともなれば、背が伸びる幻想なんてもう抱かないさ」

もうを二回繰り返したあたりに未練が見え隠れするのだが、そこには触れずにいてあげる。

「ああそうですか」

その理屈でいくと自分は完全にアウトだな。

アウトどころか論外だな。

そもそも食事ですら食べても食べなくてもおんなじなんだが。

「この世にひとりしかいない兄に対してその口の利き方はいただけないなあ、タケルくん」

「食べなくたって死にゃあしないだろ卵の黄身なんて。何度言ったら理解してくれんのかなあ、お兄さま」

「覚えてもいるし理解もしてるさ、僕の頭脳は優秀だからね」

陽介はにっこり笑うと、「その上で、そこには大切な栄養素が含まれているのでぜひ大切な弟に食べてもらいたいと言ってるんだ」

「——きしょっ」

「気色悪いとは失礼な」

間髪容れず反論して寄越した陽介に、——わざわざ言い直して寄越した陽介へ、だからタケルも、

「今のはくしゃみだよ。はっきりしょってな」

わざわざ返す。やれやれだ。

それにしても、こいつの自虐的要素って根深いなあ。

どんなに記憶をいじっても、それが過去の体験に起因しているであろう性格で、先天的ではないはずなのに、ある意味原因は取り除かれたはずなのに、それでもそこは変わらない。

せっかく消してあげたのに。跡形もなく。

『冬になると鬱々としてきてな。どうしても思い出すんだろうな』

『いや、乗り越えられてるんならな、何度思い出してくれてもかまわんが、その都度過去に飲み込まれてぼろぼろになられるとな、伯父としては辛いものがあるんだよ』

あいつはただひとりの弟の、たったひとりの大切な忘れ形見だからな。

記憶を書き換えられるんだろ？　そうなんだよな、タケル？

「下手なフォローだなあ」

陽介は苦笑すると、「どうせ僕は気色悪い兄貴だよ。悪かったな、弟大好き兄貴でさ」

記事を読む振りをして、さりげなく新聞で顔を隠す。

弟大好き、か。

「別に、いいけど」

言うと、

「……そうか？」

新聞の端から陽介はちらりとタケルを盗み見た。

「陽介がきしょいのは諦めてやるから、代わりに俺の黄身嫌いも諦めてくれ」

「はいはい。――あ、こら、兄に向かって名前の呼び捨てはやめろといつも」

『火事で家族が死んだのは自分のせいだと思ってる。そんなわけないのにな、延々、自分を責め続けてる。かれこれ二十年近くもだ』

居場所は提供する。だから、あいつを助けてやってはくれまいか。

「そんなことより兄貴、今年は転勤どうなるんだ？」

自分が助けになるとは限らないが。むしろ、もっと残酷な結末になるのかもしれないが。

「例年どおりならまた年内に引っ越しだけど、さすがに半年も先のことだからね、会社からはまだなにも言われてないよ」

冬になると鬱々と、なのだから、今はまだ効果のほどはわからないが、いつもと変わらぬコンディションで普通に〝火事〟という単語を口にできている現状に、ひとまずよしとしておくべきかもしれない。

「って、え、タケル、もしかして転勤ばかりで嫌だった？　ここ、気に入ってるのかい？　ごめん、今まで一度も文句を言われたことがなかったから、てっきり——」

「早とちりすんなって」

本音を言えば今日にでも、どこかもっと遠くの街へ行きたいさ。「転勤は歓迎してるしこの土地は好きでも嫌いでもないしどこであろうと俺は兄貴と一緒にいるよ」

というか、昨夜の今朝でとっくに消えてる。自分ひとりきりならば。

「あ、——あ、そうなんだ」

陽介が照れたように笑う。「そっか。一緒か。うん、わかった」

入社以来毎年のように転勤を重ね今回の転勤で偶然、伯父であるブンさんこと飯田文弘の住む街にやって来た加々見陽介とその弟の（役割を与えられた）タケル。血の繋がったブンさんの、あの大雑把さが少しでも甥である陽介に受け継がれていたならばもう少し気楽に人生を、——ああでもそしたら俺の出る幕はなかったな。この生活も、なかったな。

繊細で、おっとりしている陽介。火事云々はさておいて、失うまでは両親にとても愛されていたのだろうと容易に想像できるのだ。

『陽介には弟がいたんだよ、一歳になったばかりの。そりゃあ可愛がっててなあ』

面倒見の良い兄と、年の離れたちいさな弟。

『弟のな、一番初めに話せるようになった言葉が、ママでもパパでもなく〝にいたん〟だったんだとさ』

――にいたん。

陽介にとってかけがえのない愛しい記憶。

「なあ兄貴、いっそ、にいたんって呼んでやろうか？」

言うと、

「はあ？　にいたん？　赤ん坊か、タケル」

陽介が呆れたようにタケルを見遣った。

「あれから噂は聞きませんけど、少しは平和になりましたかね」

木更津が言うと、

「だといいがなあ」

ブンさんは本日の報告書の下書きの束を木更津に渡した。

「――なんですか」

「木更津がやってくれると、いいがなあ」

「なに甘えてるんですか。報告書くらい、そろそろご自分で入力できるようになりましょうよ」

木更津はブンさんの机の上のノートパソコンを開いて電源ボタンを押すと、「ちゃんとフォーマットありますし、それにのっとって文章打つだけなんですから」

「違うだろ木更津、俺の能力の問題じゃなく、やたら報告書ばかり書かせる警察のシ

「ステムの問題だろ」

「報告書、大事じゃないですか」

「毎日毎日こんなに大量の書類が下から上がってくんだぞ、管理職もだが署長なんか絶対全部に目を通しちゃいないよな。読まずにハンコだけ押してんだ」

「ブンさんっ！　そんなわけないでしょっ！」

咄嗟に小声でたしなめてから慌てて周囲を見回すが、幸いにしてブンさんの暴言は誰にも聞かれていないようだった。

現在は大きな事件を抱えているわけではない刑事第二課は通常営業で回っている。比較的課内の空気ものんびりだ。そこへ、交通第二課の藤森が顔を出し、

「ブンさん、ちょっといいですか？」

と、廊下へと促した。

「これが終わらんと帰れんから、頼むな木更津」

ブンさんは下書きを木更津に押し付けて、藤森と一緒に廊下へ出る。ＯＬの内緒話の定番スポットにあやかって、ではないが廊下の奥の給湯室へ。

すぐさま換気扇の紐を引き、

「奴ら、もう動き始めたのか？」

騒々しいモーター音に紛れてブンさんが訊く。

「いえ、そっちではなくて、最近おかしな事故が増えてるんですよ」

藤森が答えた。「五月の例の火災からこの七月まで、自殺のような事故が頻発してまして」

「自殺のような事故ってなんだい？」

「事故の通報で駆けつけると状況からしてどうやら自殺らしいと判断できるんですが、よくよく関係者に話を聞くとまったく自殺の動機がないというケースが続いてるんです」

「――へえ」

「それもうちの管轄内ばかりで」

「ほう？」

「しかも、被害者は未成年ばかりなんです」

「怪しいな」

「ですよね」

「なんか他にあるのか、共通項？」

「ふらっと飛び出す、ですかね。それまで楽しげに友達と喋（しゃべ）っていて、いきなりふらっと車道へ飛び出すとか、ホームから線路へ飛び降りる、とか」

「そんなんで電車来たら死んじまうだろが」

「その子の場合、幸いにして電車は来なかったんですが、線路に着地した時に足首を骨折しましてね」

「骨折だけで済んだなら、親は喜んだろうよ」

「はい」

「それにしても良かったなあ、地方は電車の本数少なくて」

「まったくです。――自殺らしくないというのがむしろそのあたりで、遊びで線路に侵入する児童生徒や学生がたまに出ますけど、鉄道営業法違反であるだけでなく、大変な危険行為なので絶対にしてもらいたくないですが、その子はまったくそういうことをするタイプではなくて、加えて、もし自殺するとしたら電車がホームに入ってくるタイミングを狙うものですが、そうではなかったですし」

「本人はなんだって？　足首の骨折だけなら喋れるんだろ？」

「記憶がないそうです。友達と楽しく下校していて、気づいたら病院にいたそうです」

「クスリ、やってそうなのか？」

「わかりません。こちらでもそれを疑ってはいるんですが」

「ふうん……」

ブンさんは腕を組むと、「微妙に臭うな」

「ですよね？」

「で、手始めに俺に話を持ってきたと」

「はい」

「――事故の報告書、全部俺に見せてくれ」

「わかりました」

頷いて、ふと藤森は、「報告書、大事ですよねブンさん」

にっこり笑った。


帰り支度を済ませて席から立ち上がった時、

「あっ！　帰宅してない貴重な若手男子を発見！　加々見さん加々見さん、どれが良いと思いますー？」

事務所の一角に集まっていた数人の女子社員が賑やかに陽介を手招きした。

女性が苦手というよりは、家電メーカーのサービスマンをかれこれ五年以上もやっているにしては人見知りの直らない陽介は（営業ほどではないにしろ、技術職ながら接客業でもあるので人見知りは直ってくれた方が良いのだが）、かなり気後れしつつも、

「えっと、なんの話ですか？」

女性陣に近づいて行く。

人当たりは柔らかいので接客態度で苦情を受けたことはないが、会社の人たちからはおそらく馴染まない奴と思われている。おそらく過去五年に配属された五ヵ所すべての営業所で。

「秋の社員旅行、どこが良いと思います？」

「――秋？　まだ七月になったばかりだよね？」

「加々見さん、なに暢気なこと言ってるんですか。七月じゃあ遅いくらいですよ。三ヵ月前から予約受け付けだから、人気のところはもう取れないかもしれないんですよ？」

「そ、うなんだ」

彼女たちの前には数冊の旅行会社のパンフレット。――旅行会社を通して旅行に行く、などという経験が、そういえば自分にはない。海外もだが国内も。

「おじさんたちに決めさせると、とにかくひたすら飲み続けるコースになっちゃって、せっかくの秋の旅行なのにそれじゃあもったいないって所長に直談判して、今年はわたしたちが決めて良いことになったんです」

「へえ……」

驚いた。ここの営業所の女子社員て積極的なんだなあ。

「具体的な行き先を決める前に、バス旅行も兼ねて遠くまで足をのばして一泊二日にするか、近場でいろんなところを巡って日帰りにするか、なんですけど」

「あ。泊まりはちょっと……」

タケルをひとりにするわけにはいかない。

「加々見さんって外泊禁止なんですか？　えっ、新婚⁉」

「ややや、じゃなくて、弟がいるんだ。ずっと二人暮らしで、事情があって、ひとりにさせられないというか」

「もしかして弟さん、引きこもりなんですか？」

ひとりの女子社員が訊く。興味本位、ではなく、普通の口調で。

「引きこもりかはわからないけど、あまり外に出たがらないんだ。それで、学校にも行ってなくてね」

「まだ小さいんですか？　中学生とか？」

「いや、年齢的には高校生なんだけどね、だからもう小さいってわけじゃないんだけど……」

「そんな大変な状況なのにお兄さんと二人暮らしなんですか？　弟さん、ご両親とは一緒に住まないんですか？」

「あ、えーと、両親は随分前に亡くなってて、僕たちは母方の祖父母の家で育ててもらったんだけど、僕が就職したのをきっかけにそこを出て、弟と二人暮らしを始めることになって」

「……加々見さんって、若いのに苦労してるんですね、知らなかった！」

「なのにぜんぜん明るくて、すごーい」

「明るい？」

聞き馴れない単語に、思わず反応してしまう。

「だって、ねえ、いっつもにこにこしてるし、話し方も優しいし、好青年ってのですよね」

――好青年!?

とっつきにくいとか暗いとかよそよそしいとか馴染まないとか、陰で囁(ささや)かれるのはたいていそれらで。頭が良くて技術屋としては優秀なのかもしれないが扱いにくい。さすがに面と向かって言われはしないが、毎年転勤していたのは、どの営業所でも陽介が弾かれていたせいで。

「違いますよ加々見さん、明るいというのは決して、厚かましいとかうるさいとかじゃあないですからね。ああいうのは無神経っていうんです」

「やーだーそれ誰のことー？　ふで始まってうで終わる人のことー？」

「ちがうって。一般論だよ、一般論！」

「加々見さんて、引きこもりでも弟さんとは仲良しなんですか？」

「仲良しっていうか、たったひとりの弟だから、口は悪いし生意気だし言うことときかなくて心配になるけど、それでも可愛いっていうか」

説明しながらやけに照れる陽介に、ひとりの女性社員が満面の笑みで、

「加々見さん、さてはブラコンですね」

と断言した。

「ブラコン？」

「ブラザーコンプレックス。兄や弟が可愛くて可愛くて可愛くて仕方がない人たちのことを表す単語です。因みに姉や妹が可愛くて仕方のない人をシスコン、シスターコ

ンプレックスと呼ぶそうですよ？」

「あっそれってロリコンとかの仲間？」

「え？　ロボコンじゃないの？」

「ロボコンは工業系のコンテストでしょ」

「ロリコンの対はショタコンじゃない？」

「そうそう、それよ」

　盛り上がる彼女たちの話題にはまるきりついてゆけなかったが、気づくと笑顔になっていた。気を遣って、周囲に合わせて笑うのではなく、なんだかとても楽しくて、自然と笑みがこぼれてくる。

「じゃあ今回は加々見さんと弟さんの為に、近場で日帰りってことにしましょう」

「あ。——いや、そんな、気を遣ってくれなくても」

「加々見さんもやっぱりお酒飲みたいですか？　ビールですか、日本酒ですか？」

「ねえ、ぶどう狩りもいいけどワイン蔵を巡って試飲しまくるツアーあるよ？」

「ワイン飲みたい！　おじさんたちの要望にも合うし」

「だよね、どうせアルコールならなんだっていいんだもんね、おじさんたち」

「全員でバス一台で足りるでしょ？　そしたら旅行会社に頼んで足湯とか組み込んで

もらう？」

「足湯、ナイス！」

「加々見さん、お蕎麦とうどん、どっちが好きですか？」

「えーっ、私ラーメンがいい」

「付け麺で有名なところあったよね、あそこは？」

「食べたいけど、団体受け付けてくれるかなあ」

陽介に質問しては返答も待たずに盛り上がる女性陣。会話を拝聴しているだけでも楽しいが、いてもいなくても同じならばそろそろ退散しようかな？

誰も聞いていなそうだけれど、

「それじゃあお先に、失礼します」

挨拶をして、部屋を出る。すると、

「待って、加々見さん、加々見さんっ！」

駐車場へ向かう途中、慌てた様子の女子社員に呼び止められた。

「小柳さん？　どうかしましたか？」

訊くと、

「ごめんなさい！」

いきなり謝られた。「みんな悪気はないんです！」

「え？　なんのことですか？」

「加々見さんのご家族のこと、みんなしてずけずけ質問しちゃって」

「いえ、気にしてないですよ」

確かに、進んで話したくなるような内容ではないけれど事実だし、むしろ、「下手に謝られなくて、おかげでとても気が楽でした」

それどころか、たいていは暗い雰囲気で終わる家庭の事情話が今回は、とても楽しい話になった。ブラコンという新しい単語を覚えたし、自分と弟の為に日帰り旅行にしようと、忌憚なくみんなが決めてくれた。

こんなに気持ちの良い職場は、初めてだ。

「……無理してないですか？」

「してないですよ。ありがとうございます、小柳さん」

言うと、彼女はほっとしたように、

「良かったあ。ざっくばらんで、みんな良い子たちなんですけど、たまに突っ込み過ぎちゃうところがあって。気分を害するような発言があったら、その時は遠慮なくイエローカード出してくださいね」

「わかりました」

「あっ、それと」

「はい？」

「加々見さん、桐嶺学園って知ってます？」

「ああ、駅の北側の、高台にある大きな高校ですよね」

「私立高校だからってこともあると思うんですけど、ちょっと独特な高校なんです。門戸が広いというか」

「門戸……？」

「普通の高校では適応できない生徒も多く在籍してるんです。独自の単位制を導入してて」

「独自の単位制ってなんですか？」

「毎日登校しなくても決められた単位が履修できれば高校卒業の資格がもらえるんです」

「そうなんですか⁉」

眼を輝かせた陽介に、

「さっき弟さんのお話聞いていて、加々見さん、弟さんの引きこもりを責める様子はまったくなかったんですけれど、でも高校へは、行けるものなら行ってもらいたいのかな？　ってちょっと思って」

「うわ。鋭いですね、小柳さん」

「そんなことないです。たまたまです」

彼女はちいさくはにかむと、「私の妹が通ってるんです、桐嶺学園。妹は全日制で普通に授業受けるコースなんですけど、単位制の生徒さんをたまに校内で見かけるって前に話してくれて」

「そうなんですか。ありがとうございます。調べてみます」

そうか、高校か。

行かせてあげたい。今ならば学費はなんとかなる。

「そうしたら、弟さんの学校を理由に今年の転勤断れますものね」

彼女が続ける。

「――え？」

「おっとりした加々見さんが来てくれて、うちの営業所、さらに雰囲気良くなったんです。せっかくなら、長くこっちにいてくださいね」

言うと、「それじゃあ、また明日」

小走りに営業所へ戻って行った。

ブンさんが学校案内のパンフレットを食卓のテーブルに滑らせた。

「でなタケル、最も怪しいのがこの学校だ」

すかさずブンさんに押し戻す。「いきなり来て急用って、これかよ」

「却下」

ブンさんがまた滑らせて寄越す。

「なんでだタケル、高校は嫌いか？」

「探れってんなら夜中に侵入してやるよ。なんだってわざわざ学生しなきゃなんねーんだよ」

と、突き返す。

「学生じゃない、生徒だよ」

腐っても公務員のブンさんはこの手の区分にはやかましい。「高校生は生徒っていうんだ」

「あーはいはいわかってます。児童福祉法では十八歳未満の高校生も児童だが学校教育法だとどーのこーのだろ、はいはい」

「わかってるならちゃんと使え」

「メンドクサイ。意味が通じるならどうでもいいじゃん。俺は警察官じゃないんだよ」

「これもひとつの社会の仕組みだぞ、甘く見てると痛い目遭うぞ」

「わかりました。これからはちゃんとしますから、これは却下させてください」

「――どうしてもか？」

「どうしてもだ」

私立桐嶺学園高等学校。アイツが通っているかもしれない高校だ。そんなところへ誰が好き好んで入学するか。

ブンさんは大きく溜め息を吐くと、

「仕方ない。譲歩するか。じゃあ今夜、こっそり探ってみてくれ」

「いいよ」

それならば、やぶさかではない。「で、なにを探るんだ？」

「生徒たちの噂話」

「はあ⁉　夜中に生徒がいるのか、おい」

「そりゃいないだろうな。知りたいのは生徒たちの動向だよ。被害者、と、俺たちは思っているが、半数以上が桐嶺学園の生徒で後は他の高校に散ってるんだ。となれば推論として根元は桐嶺学園の誰かだろ」

「ってことなら、夜中に建物探ったところでたいして収穫はないかもな」

「ほーらな？」

したり顔でブンさんが笑う。

なにがほーらなだ。

「でも俺は、入学はしない」

「強情だなあタケル」

「普通に聞き込みすりゃいいじゃん。正攻法で、生徒にさ」

「そんなことしたら警察が動いてるのばれちまうだろ」

「ばれてもいいだろ、警察に気づかれたとわかれば抑止力になるんじゃねーの？」

「潜られたくないんだよ。解決したいんだ」

ブンさんがタケルを見る。――まっすぐに。

「そんなもん、永遠に解決なんかしやしないぜ」

人間が罪を犯す。意図的であっても不可抗力でも。長い時を生きてきたが戦争を含め、常に犯罪は起きていた。この先もどのみち犯罪はなくならない。手を替え品を替え、大小にかかわらず犯罪は起き続ける。まるで連鎖反応のように。

暗に含んだタケルの持論を百も承知のブンさんは、

「なにも大風呂敷を広げたいわけじゃあないんだよ。目の前の、この不可解な事故だか事件を解決したいんだ、俺たちは」

「いたちごっこなのにか？」

「そうだよ」

「虚しくならないか？」

「犯罪を根こそぎなくすことができないなら、せめて一個一個潰してくしかないだろうが」

「ふうん」

その執念というか情熱に（本人に告げるつもりは毛頭ないが）タケルはいつも静かな感動を覚えている。変わらないよな、昔から。「警察官なんだな、ブンさんは」

「俺たちはタケルと違って地味な生き物だからな。身の丈に合わせて地道にやるのさ」

ブンさんは苦く笑うと、「まあでも無理強いはしない。そういう約束だもんな」

初めてタケルに引き合わされた時、

『いいか、ブン。あいつは気まぐれで力を貸すだけだから、無理強いはするな。あいつがその気になっただけで俺たちは全員、きれいさっぱりあいつのことを忘れてしまう。そして二度と、あの力を借りることはできなくなる』

まるで御伽噺の魔法使いのようだと思ったが、まったく信じてはいなかった。先輩刑事たちはなにをあんなに大仰にと心中密かに笑っていたが、一緒に動いてすぐに理解した。タケルの凄さと、タケルの怖さを。

自分がまだ若造だった頃に出会い、ある時ふらりといなくなり、てっきりなにか粗相をして怒らせたかと危惧していたら先輩たちに、ブンにタケルの記憶がある以上、あいつはまた戻ってくるよと教えられた。

彼らは既にこの世にいないが、教えられたとおりタケルはひょっこり戻ってきた。数十年前と何ら変わらぬ姿で。

ただひとつ。

タケルが姿を消してしばらくした後、なにげなくタケルの話をしたならば、覚えていたのは自分ひとりきりだった。

ブンにタケルの記憶がある以上、あいつはまた戻ってくるよ。——ブンのところへ。

「そういえばタケル、俺、言ったっけ?」

「なにをだ?」

「お帰りって」

「はあ？　なんだ今頃」

「呆れるなって。思い出したらすぐに口にしておかないとな」

忘れてしまう前に。

この思いがまだ胸の中にあるうちに。

「タケル、俺のところに帰ってきてくれて、ありがとうな」


静まった夜の構内に、大型の懐中電灯の光だけがチラチラと動いていた。

ふと光が止まり、
学校用務員がうっとりと夜空を見上げる。

「ここから見る星は、本当に綺麗だねえ」

市街地を見下ろす小高い丘の頂上に建つ、夜空だけでなく、昼間であっても風光明媚な桐嶺学園高等学校。正式な地名ではないのだが地元の人が『桐嶺ヶ丘』と呼んでいるこの丘の、ゆるやかな坂道を途中の分岐点で右に進むと桐嶺学園へ、左へ行くと（敷地内で学園と繋がっているのだが）桐嶺学園の元理事長、故・古幡鷹彦の私邸に突き当たる。

現在私邸には古幡鷹彦のひとり息子で桐嶺学園の二年生に在籍していながらも理事長の肩書きを受け継いだ古幡雨月と、理事長代理として実質その任を負っている古幡鷹彦の弟で雨月の叔父(おじ)にあたる古幡良造(りょうぞう)が住んでいた。

世間では、一時期に比べると学校用務員を抱える学校は格段に少なくなっているそうだが、敷地が広いだけでなく、いくつもの校舎や施設を抱えた桐嶺学園では、まめで手先の器用な学校用務員は必須であった。元気な生徒たちがわざとでなくても日々あれこれやらかしてくれるのだ。修理だ後始末だに教職員だけで対応するにも限りがあり、その度にいちいち業者を呼んでいては財政がたちまち逼迫(ひっぱく)する。

ただし、以前と変わったこともひとつある。

学園長の采配(さいはい)で、一昨年、校舎や他の諸施設、校門、通用門などの出入り口も含め学園の全体に防犯カメラが設置され、不審者を発見次第警備会社の警備員が駆けつける最新式警備システムが導入された。それが昼夜を分かたず作動しているので、以前は夜間の見回りも彼の仕事であったのだが、現在は業務からは外されている。ところが、仕事とはいえ気づけば長年の習慣となった夜の見回り、その分の給料が出るわけではないのだが食後の散歩がてら、日々夜の構内を巡っていた。

少しひんやりとして気持ちの良い夏の夜の空気。どこからか夏虫(ヒメギス)の音(こえ)が聞こえてくる緑豊かな中庭を通って、のんびりと、第三校舎から第一校舎への角を曲がった時だった。

「おや？」

懐中電灯の光の先に、スラリとした少年がひとり、校舎を見上げて立っているのが浮かび上がった。

平素、構内では見かけることのまったくない、私服姿の少年である。

だがさほど珍しいことでもない。

「どうしたね、忘れ物かい」

たまにいるのだ、夜になって課題を学校に忘れてきたのに気がついて、取りに戻る生徒が。

しかもこればかりは警備システムは役には立たない。腰のポケットからジャラリと重たい鍵束を抜き出しながら、学校用務員は少年へと気軽に声をかけた。

「どこのクラスだい？　鍵を開けてあげるから取りに行っておいで」

そして数歩、近寄った時だった。

おもむろに学校用務員に振り返った少年は、少し屈(かが)んだかと思うといきなりひょいと跳び上がり、そのまま第一校舎の三階のベランダに、ポンと着地したのである。

え……？

茫然と少年を目で追う学校用務員を、ベランダの鉄の手摺りから大きく半身を乗り出して少年が見下ろす。

その両目が、金色に光っていた。

「わっ！　わ、わ、わーっ！」

学校用務員は悲鳴を上げながら懐中電灯を放り出し、そこへ尻もちをついてしまった。

腰が砕けて、逃げられない。

そこへ背後から誰かが小走りに近づいてきて、

「どうしたんだいおじさん、すごい悲鳴を上げて」

聞き慣れた声がした。

「う、雨月坊ちゃん」

学校用務員はホッとしたものの、だが、体の震えは容易には治まらない。「で、出た、出ました」

「出たって、なにがだい？」

「ばばば化け猫です」

「化け猫？　——って、怪談に出てくる？」

それはまた、随分と古めかしいモノが。

古幡雨月はくすりと笑って、

「やだなあ、脅かしっこなしだよ」

「ほ、本当ですって」

学校用務員はガタガタと歯を鳴らしながら、「じょ、上手に高校生に化けてましたけどね、確かにこ、この目で見ましたよ。ここから三階のベランダにひょいと跳んで、一気にですよ、ひょいと跳んで、しかも目が、目が、金色にピカッと光ったんです。そんなの、ば、化け猫以外に考えられないじゃないですか」

「そうかなあ？」

雨月は、地上から高さ六メートルはある三階の横一直線に並ぶベランダの端から端まで、愛用している懐中電灯の明かりを走らせ、「でも、誰もいないよ」

三階のベランダどころか、慎重に見渡した周辺のどこにも人影は、——人のいる気配すら感じられなかった。

「どこかに潜んでるんですよ、きっと！」

「そうかなあ、おじさんの見間違いじゃないのかな」

「とんでもない！　そんなにもうろくしとりません！」

おじさんというよりはおじいさんに近い年代だが、元気な高校生を相手に日々活発に作業しているので、やわなお年寄りではない。

学校用務員が力いっぱい否定すると、ここの生徒たちから、男ながらに楚々とした美貌の繊細でたおやかな風情と、桐嶺学園の理事長という文字どおりの高嶺の花の氏素姓故にこっそりと、ほのかな憧れを込めて〝桐嶺の君〟と呼ばれている古幡雨月は困ったように形の良い眉を寄せた。

月明かりに、雨月の白い顔が碧く透ける。

「――もしおじさんの話が本当だとしたら、たいしたジャンプ力だね。泥棒なんかしてるより、オリンピックの選手になった方が良いよ」

「ど、泥棒？　いや、そしたら、警報装置が鳴るはずで」

最新式の警備システムが作動しているはずである。

「だよね？　化け猫なんてこの世にいなくて、警報装置が鳴らないということは、つまり？」

「見間違いなんぞしとりません！　校舎を見上げてたんで、忘れ物を取りにきたのかと声をかけたんですよ。目が、合ったんです」

「でも無断で誰も入れないよ？」

　警備システムが導入されてからは、学園の周囲に巡らされている鉄柵(てっさく)を乗り越えて侵入しようものなら警報が鳴るし、施錠されているすべての出入り口から（鍵に細工するなりこじあけるなりして）強引に入ろうとすればこれまた警報が鳴るし、そもそもそんな無茶をしなくとも、忘れ物をした生徒は通用門のインターホンを通して学校用務員にその旨を伝えたならばもれなく校内に入れてもらえるし、場合によっては学校用務員が忘れ物を取ってきてくれるのだ。

　学校用務員が常に携帯している、インターホンとも連動している受信機を指して、

「誰か連絡してきたかい？」

　訊くと、少しずつ冷静さを取り戻してきた学校用務員は、

「……いいえ」

　首を横に振った。

「長年夜の見回りをしているおじさんが、単なる見間違いをするとはぼくにも思えないけど、でもやっぱりおかしな話だと思うんだ」

　よしんば警報装置を擦り抜けて泥棒が侵入したとしても、三階までひょいと一気に

跳び上がるというのは、どんなに優秀な泥棒でも生身の人間である以上、不可能ではあるまいか。

化け猫説はともかくとして、

「校舎の中を一応確認してみるよ」

雨月が言うと、学校用務員が驚いた。

「む、ムチャ言わんでください！　それならわしが見に行きます！　っとと」

急いで立ち上がろうとして膝から崩れる。

雨月は地面に放り出されていた鍵の束と懐中電灯を拾い上げ、

「おじさんこそ無茶しないで。具合が良くなったら、ゆっくり立ち上がって」

懐中電灯だけ渡すと、それじゃと行きかける。

「待ってください！　よしてくださいよ坊ちゃん！　雨月坊ちゃんに万が一にでもなにかあったら――」

「大丈夫だよ、多分なにもないし、無茶もしないから」

雨月は笑って、「勉強の息抜きに散歩にきたんだ。少しくらい遠回りしても大差ないし」

「ですけど坊ちゃん！」

「それに今年になってからずっと、体調が良いの知ってるだろ？」

心配する学校用務員を宥めて、雨月は第一校舎の入り口へと向かった。

通用口の鍵を開け、中に入る。物音ひとつしない廊下の暗闇に、消火栓の所在を示す赤い光だけがぼんやりと浮かんでいる。

「おじさんの気のせいだとは思うんだけど……」

棒高跳びの世界記録ではないか、高さ六メートルをひょいと跳び越えるだなんて。だが世界チャンピオンだとて、道具があって初めて可能なのだ。道具もなしに跳び越えられるわけではないのだ。

学校用務員は否定するが恐らく何かを見間違えたのだ。しかし、何をどう見間違えれば、化け猫発言に繋がるのだろうか。

それと、引っ掛かるのは、ここが、第一校舎だということだ。

確かに金目のものなど殆ど置いてありはしないが、第一校舎には、事務、法人関係、学園長室や職員室等、学校の経営や存続に関わる別の意味で重要な部屋が連なっているのである。

「とにかく、三階へ様子を見に行ってこよう」

泥棒も化け猫も信じてなどいないが、それでも無意識に足音を殺して、鍵束ががちゃがちゃ鳴らないよう気をつけて、懐中電灯で前方を照らしながら廊下を階段へと向かった。

手摺りに手をかけてゆっくりと上がってゆく。と、どこからかカタリと、何かがぶつかるちいさな音がした。

「まさか……」

ギクリと立ち止まり、耳を澄ます。

かすかに、ドアを開け閉めする時の音がする。

音の聞こえてくる位置が、三階よりも近い印象。——二階の廊下だ。

反射的に懐中電灯のスイッチを切ると、忍び足で二階まで行く。そうっと廊下へ顔を出すと、今しも事務長室から誰かが廊下へ出てくるところだった。

雨月は咄嗟に懐中電灯のスイッチを入れ、賊を照らすと、

「そこにいるのは誰だ！」

叫んで、廊下へ飛び出した。

賊は驚いて、反対方向へ走り出す。

「待て！」

雨月も走り出した。

手当たり次第に廊下の電気を点けながら、信じられないほど逃げ足の速い賊を必死に全力で追いかけて、突き当たりの階段まできた時だった。いきなり息が苦しくなり、雨月はそこへ倒れ込んだ。

まずい！

思った時には、遅かった。

油断していたから、まともに引き起こしてしまった。

いきなり視界が乱雑に乱れ、あまりの苦しさに喘ぐ呼吸の中、雨月は服の上から心臓のあたりをかきむしった。

もがきながら、廊下をのたうちまわる。意識が、途切れそうだった。

階段を一階まで駆け下りて、タケルは立ち止まった。尋常でない苦しげな呻き声が上から聞こえる。

「なんだ……？」

もしかして。

不吉な予感に急かされるように階段を駆け戻ると、煌々と照らされた廊下、階段に頭を半分落とした恰好で、少年が体をくの字に折り曲げて全身を小刻みに震わせていた。

見覚えのある激しい苦しみ方。見覚えのある——、

「……おい、……なんだよ」

どうしてお前がここにいる⁉

火災現場で見かけたアイツ。金輪際近づくまいときつく決意していたのに、なんだよこれ。いつも凛とした空気を身に纏っている愛しい恋人。何度生まれ変わっても、どうして今、お前は死にかけているんだよ。

「——畜生っ！」

このまま捨ててゆけるわけがない。

タケルは急いで少年を抱き起こすと、

「心臓発作ってことは、持ってるよな」

シャツやズボンのポケットを片っ端からまさぐった。

「あった！」

ズボンの前ポケットに病院の薬袋が入っていた。袋の表にサインペンで、まるで小学生への注意書きのようにはっきりくっきり、『舌下錠につき飲み込まず発作時一錠

ずつ（効果があらわれなければ三錠まで可）口腔内でゆっくり溶かすこと。せっかちに噛み砕かないこと』と大きな文字で書かれていた。

「舌下錠？　トローチみたいなもんか？」

薬のことは詳しくないが、要するに口に入れてしまえば良いのだろう。

袋を開けるのももどかしく逆さに振ると、アルミ包装の薬が廊下に落ちた。そのうちのひとつを手早く開け、顔を出したちいさな白い錠剤を少年の口に押し込んだ。だが苦しむあまり薬を吐き出してしまう。体内に取り込まなければ、いくら優秀な薬でも効力は発揮できないのである。

廊下に吐き出された薬を見遣り、

「三秒ルールってわけには、いかないよな」

タケルは手早くもうひとつアルミをむいて、――考えた。

額に浮かぶ、脂汗。少年は必死にタケルにしがみつき、ひどい苦しみに耐えていた。

「ごめんな、こういう場合は不可抗力ってヤツだから、堪忍な」

タケルは自分の口に薬を入れると、ほんの少し溶けた薬液を少年の口へとゆっくり流した。重ねた少年の、熱を帯びた唇に体の奥が一瞬煽られるが、今はそれどころではない。溶かして、流す。溶かして、流す。それを何度となく繰り返し、錠剤がタケルの口の中で半分くらいの薄さになった頃、少年の呼吸がようやく少し落ち着き始めた。タケルは最後にもう一度唇を合わせて、薄くなった錠剤を少年の口腔内へと舌先で押し遣る。

少年の舌先へ乗せるだけで良いはずなのに、もう少しだけ奥へ。ことさらゆっくり唇を離し、少年を見下ろす。夏本番にはまだ早いのに既に日に焼けたタケルのがっしりした褐色の腕にすっぽりと包まれた少年の、青磁のような肌が痛々しい。

伸びやかな肢体の割にさほどの重さも感じられない、おそらく生きるだけで精一杯の体。

気の毒に。

「こんなに綺麗なのにな……」

飽きずに顔を眺めていると、穏やかな呼吸を取り戻した少年がゆるゆると目を開けて、ぼんやりとタケルを見た。

焦点がまだ合わない。だが、

「もうこれで大丈夫だな」

少年をそっと廊下に横にして、立ち上がる。

「待……」

呼び止めようと少年が腕を伸ばした時、タケルは〝力〟を使った。

カッと見開かれた、緋色(ひいろ)の双眼――。

「――高校？」

ブンさんが訊き返した。

陽介とタケルの住んでいるアパート近くのファミレスで、タケルには内緒の相談だからアパートでは話せないと、陽介がブンさんを呼び出した。

「前から考えてなくはなかったんだ。タケルだって、いつまでも引きこもってばかりもいられないですよね。就職もすべきだし、ゆくゆくは家庭だって持つべきだし」

「お？　タケル、引きこもりだったのか？」

意外そうなブンさんに、

「――話してなかったでしたっけ？」

「引きこもりにしちゃずいぶんと日に焼けた、健康そうな口の悪いガキだよな」

「タケルの口の悪さは否定しませんけど、それでね伯父さん、今日たまたま職場の人に、桐嶺学園に単位制で高校卒業の資格が取れる制度があるって教えてもらったんです。明日、外回りの途中で学校に寄って学校案内のパンフレットをもらって来ようかと思うんですけどその前に、警察官としての伯父さんに学校の評判を教えてもらえたらな、と。それと、身内として伯父さんは、タケルを高校に行かせるの、どう思いますか？」

頬を紅潮させ瞳を輝かせて話す陽介に、ブンさんは複雑な心持ちになる。

弟思いの兄。ちいさな弟が可愛くて仕方なかった陽介が、まんま目の前にいる。あの火災がなかったら、これがお前の〝普通の人生〟だったんだろうな。

「んー、そうだなあ」

ブンさんにとっては渡りに舟の展開だが、「身内としてはもちろん大賛成だが、なんでこのタイミングでだ、陽介？」

「あのですね」

陽介は少し恥ずかしそうに、「就職して、今の仕事は、もちろん好きな仕事なんですけど、なんかどうも人付き合いがいつもうまくいかなくて、なんとなく、毎年転勤があるのはそれが原因なんだろうなと、どの営業所も合わなくて飛ばされて飛ばされてしてるんだろうなと、薄々気づいてはいたんです。自分としては、みんなとうまくやろうと頑張ってたつもりなんですけど、でも、嫌われてるなら仕方ないなというか、……諦めてる部分もあって。ここにも一年いるだけでどうせすぐ引っ越すんだろうなと思っていたので、アパートを探す時もけっこう適当だったんです。でも今日、職場の人に長くこっちにいてくださいねって言われて、そんなこと言われたの、初めてで、すごく嬉しくて。しかもタケルの話をしたら桐嶺学園のことまで教えてくれて、どこの土地にも長くいる気はなかったから学校のことも、一度通い始めたらそうそう転校させられないですからね、だから行かせてあげたいとは思ってたんですけど、自分もこんなだし、タケルは引きこもりだし、むしろ行けてなくて都合が良いなって、それもまた諦めてて。でも今なら、学費もなんとか出してあげられそうですし、ここで何年か過ごせるなら、卒業まで高校に行かせてあげられるし、タケルに普通の人生を歩ませてあげられそうなので」

と、言った。

「タケルに普通の人生を、か」

陽介に深い意味はないだろうが、ブンさんやタケルにとってはそれはかなり深い言葉だ。そしてブンさんこそが、それを陽介に与えたかったのである。

普通の人生――、

「学園の評判ってどうなのかな？　伯父さん、なにか知ってる？」

得ることの困難さと、得られることの幸運と。

陽介の記憶の中では赤ん坊の時からずっと一緒だったタケルだが、実際に二人が暮らし始めたのはつい最近だ。

情が深いな、陽介。それとも、よほどタケルと馬が合うのか？

「…………失敗したか？」

呟きに、

「なにがですか？」

「いやいやうーむ、桐嶺だろ？　どうだっけかなあ？　ああそうだ、生徒の補導率はそんなに高くない。そこそこ授業料のお高い私学だからな、それなりの経済状態の家庭の子どもたちが通ってるからか、校内も荒れてない」

「——お高いんだ、授業料……」

「とはいえ所詮地方都市の私学だよ、さっき自分で言ったように、なんとか出せるさ陽介」

「だと、いいなあ」

「じゃあこうすっか。俺もタケルが学校行くのは大賛成だ。伯父として、陽介にはほとんどなんにもしてやれなかった罪滅ぼしに、ちょっとだけ協力してやるよ」

「罪滅ぼしって、伯父さんには別に罪なんか——」

「まあまあ陽介、今のは言葉のあやだから。要するに、こっちで入学の手続きしてやるよって話だよ」

「入学の手続き？　試験とかは？　いきなり入学できるんですか？」

「間違えた。受験に必要な書類一式は俺が揃えてやるよ。なんだーかんだーああいうのは、けっこう繁雑な作業だからな」

「お願いしてもいいんですか？」

「かまわんさ。それくらいは甘えろよ」

「ありがとうございます、助かります伯父さん」

「まあ受験してみて桐嶺落ちたら同じ書類で他を受ければいいし」

ブンさんの冗談に、陽介が笑う。

「ですよね」

「なら今夜からタケルは受験勉強スタートだな」

「受験って、来年の一月とか二月ですか？」

「多分な。ちょっとつてを辿って調べてみるわ、そのへんも」

「ありがとうございます！」

「だがな陽介、最大の難関はタケルを高校に行く気にさせられるかどうかだぞ。あいつ兄に似ず勉強嫌いっぽいもんなー」

わははと笑うブンさんに、

「——勉強嫌い。確かに……」

いきなり不安になる陽介であった。

ファミレスを出て、別れ際、

「そうだ陽介、タケルに言っといてくれ、高校の生徒手帳は身分証明書になるんだぞと」

「身分証明書？　タケル、身分証明書を欲しがってたんですか？」

「いや？　ぜんぜん。持たせると俺が楽になるんだよ」

「伯父さんが？　そうなんですか？」

「それに、ないよりゃあった方がよかろ？　身分証明書」

「それはそうですけど」

「じゃあな、陽介」

「おやすみなさい、伯父さん」

身分証明書の必要性には今ひとつピンと来ないが、ファミレスから徒歩一分、陽介

は安普請のアパートの、タケルが留守番をしている明かりの灯る自分たちの部屋を見上げて、

「そうだ」

思い立った。「高校卒業までいるなら、もう少しちゃんとした所に引っ越すべきだよな」

今よりも広い所。タケルに勉強部屋を与えてやりたい。

「喜ぶかな、タケル」

喜ぶぞ、きっと。

瞬間、雨月は我に返った。

「あれ……、どうしたんだろう……」

まるでまだ夢の中にいるように、景色がぼんやりしている。

口中を満たすいつもの味、心臓病の薬の味だ。――ああ、そうか。

「発作を起こしたんだ……」

そうか。それで、こんなにだるいんだ。

それにしても。

「ここ、第一校舎、だよな」

自分はなぜ、ここにいるのか？

景色だけでなく記憶までぼんやりしていて、うまく思い出せない。

鈍かった体中の感覚がゆっくりと戻ってくる。横たわっていた硬い廊下の埃っぽさに、咳が出そうになる。

今、咳はしたくない。

雨月は懸命に、だがのろのろと上半身を起こして廊下の壁に這い寄ると、背中を凭せて、肩でゆっくり息をした。

煌々と電気の灯る明るい廊下に薬の紙袋が落ちている。そこから飛び出すアルミの包み、ふたつ、封が切られている。そして白くてちいさな粒が、ひとつ、ぽつんと転がっていた。

雨月は全身をぎくりと竦ませた。——飲み損じだ。

飲み損じても、どんなに苦しくても、なんとか自分で薬を飲み直せるんだから、

「……たいしたもんだよな」

さすが、心臓病のベテランだけはある。

軽口を自分に向けても、溢れる恐怖で皮膚がざわついた。

目を閉じて、じっとする。

ひとつ目を飲み損じてそのままだったら、自分はそれきりだったかもしれない。廊下のこの明るさも、埃にむせて咳をする恐ろしさも、二度と再び味わうことはできなかったかもしれない。

良かった。

生きてる。

と、舌の上にざらりとした粗いものを感じた。僅かに残る薬の欠片、みるみるそれは唾液に溶けて口の中から形を消したが、そこにいつもとは違う味がした。

初めてジビエ料理を口にした時の独特で強烈な臭さに似た、刺さるような野性味のある味だ。力強い生命力の証しのような。

これはなんだろう……？

何度となく薬を口にしているが、こんな味がしたことは一度もない。薬の味でないとしたら、これはいったいなんだろう。

拒みたいほど臭いのに、臭いからこそ正体を知りたい。その、矛盾した本能めいた欲望に、我ながら可笑しくなる。

欲望なんて、最も自分に似合わない単語だ。ひたすら淡々と生きてきた。大きく動けば体が壊れる。急に動けば、心臓が止まる。ゆっくりと、慎重に、動揺することなく、淡々と。

これは、自分とは真逆の、異質なものだ。

しかも、

「変だ……」

腹の下でなにかが熱く煽られる。

味の正体を自分の内側へ追おうとすると、体の奥がやけに疼いて、熱くなる。

雨月はきつく体を折ると、

「……変だ」

ぎゅっと両膝を引き寄せた。

# あおいあめとあかいあめ

澄んだ空気と、すがすがしいほどに交通量の少ない早朝。自転車で駅前をまっすぐ走り抜けようとした時に、

「おはよう品ちゃん！」

大きな声で挨拶された。

聞き覚えのある声にブレーキをかけて振り返ると、駅前のロータリーの一角にクラスメイトの姿があった。

品子は少し戻ってくるっと自転車でロータリーを回り、

「おはよう真己（まき）ちゃん」

挨拶を返す。「どうしたの、今朝は早いね」

桐嶺学園を経由する路線バスのバス停に心細そうにひとりで立っていた真己は、

「品ちゃんこそ、早いねー」

ホッとしたような笑顔になった。

「私はテニス部の早朝練習があるから毎朝この時間だけど、真己ちゃんも朝練？」

「ううん。実はね、宿題の問題集を学校に置きっ放しだったの。昨日、早いうちに気づいてたら学校に取りに戻ったんだけど、夜中だったの。だから、これから急いで行って、せめて一問くらいやっておかないと提出できない！」

「それで早起き？　わー、真己ちゃん真面目だなあ。えらいなあ。でもピンチの時くらい、誰かの写させてもらったら？」

「そうしたいんだけどっ、……無理だから」

「——あ。もしかして」

「そうなの品ちゃん！　数学の課題なの！　間違うのはぜんぜんかまわないのに他人のを写したら赤点の刑に処す、品子のお兄ちゃま先生の！」

「その言い方やめてってば。千賀先生でしょ」

学園長の息子なのに、なのか、学園長の息子だから、なのか、評価は人によって様々だが、品子の兄で桐嶺学園で数学教師をしている兄の隼斗（はやと）は、学園内で独特な存在感を放っていた。

一言でいうと、マイペース。それも相当なマイペース。

本人はサービス精神旺盛な性格と自負しているが、周囲をぽかんと置き去りにしている光景をよく目にする。おかげで、学園長の息子などというややこしい立場でありながら、隼斗に対する他の教師たちや生徒からの評判はさほど悪くない。本人にぎらついた野心が微塵も感じられないことと、他の教師にさほど関心がないことと、独特ではあるが生徒思いの教師であることとで、敵もしくは邪魔者として認定されずに済んでいるからだ。

憎まれない代わりに、警戒もされない。

父にすれば、桐嶺学園——学校経営を継ぐ立場である隼斗には、いっそ周囲に警戒されるほどの権力志向の持ち主になってもらいたいところなのだろうが、生まれも育ちも雨月とはまた違った意味でお坊ちゃまな兄は、父親の無言の圧力を意に介さないところがあった。

「ごめんごめん」

真己は笑いながら謝って、「前から思ってたんだけど品ちゃん、千賀先生って超能力者かなんかでしょ？」

「なんで？」

「だって瞬時に見抜くじゃない。写したか、そうでないか」

「そうだっけ？」

「あっそうか、品ちゃんそもそも人のを写したりしないもんね」

「できるわけないじゃない、同じ家で暮らしてるのよ、千賀先生」

「妹でも容赦なくチェックしてそうだものね」

「実際されてます」

「やっぱり？」

「そーなんです！」

顔を見合わせて、くすくす笑う。

「それにしても、間違っててもＯＫだけど写しはダメって、寛容なんだか厳しいのかわかんないよね、千賀先生」

「うん」

我が兄ながら、裁定の基準はいまひとつ品子にもわからない。だが振り回されない兄のおかげで、物心ついてから今日現在まで、そのマイペースぶりをずっと見ながら育ったおかげで、決して手本にしていたわけではないのだが、気づけば品子も自分なりの価値観らしきものを持つことができていた。

父の思惑はそれとして、自分は自分らしく生きたい。

『品子、恋をすると世界が変わるよ！』

きらきらと眩しく輝く、友人たちのような恋がしたい。

「ところで品ちゃん、なにかお菓子持ってない？　いつもより早く出たから今朝は朝ご飯ちゃんと食べられなくて、まだ学校にも着いてないのにもうお腹が空いちゃって」

「お菓子？　どうかなあ。昨日の残り、あったかなあ」

言いながら、前カゴのスクールバッグをあちこち探る。

部活が終わるとほぼ同時に部室では菓子が飛び交うが、腹ぺこ女子の本領発揮で部室を出るまでにたいてい食べ切ってしまっていて、

「ごめん、なんにもなさ、――あれ？」

脇の定期入れサイズのポケットになにか丸くて硬い物が入っている。指を入れて引っ張り出すと、見覚えのないあめ玉がふたつ。

透明のセロファンに包まれた青いあめと赤いあめ。

「サイダーとイチゴ？」

真己が訊く。

「かな？　わかんない」

買った記憶ももらった記憶もないあめに、「なんでカバンに入ってたのかな？」

「配給じゃない？」

真己が言う。「わたしもこの前、知らないうちにカバンにお菓子入ってて、なにかなあって思ったら、真己の分、カバンに入れといたよって後で友達に言われたの」

「配給かー」

そうかもしれない。

またの名を、おすそわけ。

中学生の時は学校でお菓子を食べたことなどなかったけれど、持ち込み禁止だし、みんなちゃんと守ってたので。高校生になった途端かなり自由になってしまって、え、いいの？　というちいさな驚きは日常茶飯事だ。

「真己ちゃん、どっちにする？」

手のひらにあめをのせて訊くと、

「んー、どうしよう。サイダーも捨て難いしイチゴも捨て難い！」

「じゃあ両方あげようか？」

「んんんそれは辞退」

真己は忙しなく手を横に振って、「じゃあわたし、サイダーをもらうね」

青いあめを指でつまんだ。

「サイダーと見せかけてメロンだったりして」

品子が言うと、手早くくるくるっとセロファンを外した真己はぽんとあめを口に放り、

「美味しい！　やっぱりサイダー味だ」

「なあんだ、まんまかー」

「そっちはイチゴ？」

真己に訊かれて、品子もセロファンを外して赤いあめを口に入れる。

「うん、イチゴ」

「意外性、まったくなかったね」

「うん、だよね」

顔を見合わせてくすくす笑う。

真己の手に残ったセロファンを、

「それ、まとめて捨てておくね」

受け取って、自分のセロファンと一緒に脇のポケットにぐいと押し込む。

「ゴミの処理まで。至れり尽くせりでありがとう品ちゃん」

「いやいや、この貸しはいつかきっともっと美味しいもので返ってくるかもしれない

から、お気になさらず」

「あ。お菓子だけに貸し？」

真己の突っ込みに、

「あ、そうか」

品子も笑う。「空腹、誤魔化せそう？」

訊くと、

「なんとかなりそう」

「どうしても耐えられなくなったら早弁しちゃえばいいよね」

提案すると、

「それ、採用！」

真己はぱんと手を叩いて、「朝練なのに引き留めてごめんね」

そのまま両手を合わせて申し訳なさそうに笑った。

「いいよいいよ、もうすぐバス来るよね」

「うん。後でね品ちゃん」

胸の前でちいさく手を振る真己に、

「うん、教室でね」

ちいさく手を振り返して、品子はロータリーを後に学園へと向かう。

存外長い寄り道になってしまい間違いなくテニス部の先輩たちからは睨まれそうだが、イチゴのあめは美味しいし、朝からほっこりと楽しかったのでよしとする。

ひとつ目の交差点で信号待ちをしていると、背後からどんという鈍い衝撃音と誰かの悲鳴が耳に飛び込んできた。

「救急車！　電話しろ！　早く！」

振り返ると、バス停ではない位置に路線バスが止まっていた。そのバスの前方を、大きくて重そうな車体の下を、歩道から数名のサラリーマンが覗き込んでいた。

急いで降りてきた青ざめた表情の運転手。

「……人身事故？」

品子は、ちょうど青に変わった横断歩道を、いつもなら条件反射で漕ぎ出すペダルを、なんだか急に怖くなって、車が来ないか左右をしっかり確認してから、一気に渡った。

いや、渡ろうとしたのだが、いきなり視界がぐにゃりと歪んで、ふうっと意識が遠のいた。

貧血？

あれ？　どうして？

体に力が入らない。早く渡り切らないと、信号、変わっちゃうのに。


「おはようございます良造さん」

庭先でホースで植物に水を撒いている古幡良造へ、ことさら明るく声を掛ける。

良造はいつもの不機嫌そうな表情で、

「おはよう」

ぼそりと返した。

自分が気に入られていないのか、千賀の家の者は全員気に入られていないのかは不明だが、

「これ、母からです。田舎から大量に送られてきたとかで、おすそわけです」

大きなスイカを持ち上げて見せると、良造は更に不機嫌そうな表情になる。二人暮らしの所帯にそんなに大きなスイカは却って迷惑だ、とてっきり文句を付けられるものと思っていたら、

「……雨月の好物だ。ありがとう」

と言われた。

母親のチョイスに感謝しつつ、

「いえ、じゃあこれ、キッチンに運んでおきます」

勝手知ったるなんとやら、古幡邸に上がり込む。

田舎から大量に送られてきたというのはもちろんウソで、古幡の家となんとしてでも良好な関係を築きたいと願っている我が母の、懸命な努力の一品だ。

母の目的は品子と雨月をまとめることだが、それはさておき、隼斗は隼斗で、このチャンスを自分に都合良く利用させてもらう。

キッチンにスイカを置いてから、二階へ上がる。二階の雨月の部屋へ。

スイカを届ける為にいつもより早く家を出た。放課後に届けるのはどうかと思われたし、このタイミングならば誰の目も気にせず雨月に会える。

ノックをしながら、

「雨月、起きてるかい」

訊くと、

「どうぞ」

中から声がした。

白い半袖のシャツと制服のズボン。よくある組み合わせのよくあるデザインの制服だが、雨月が着ていると、なにか特別な衣装のように感じられる。やけに目を惹く。そして気持ちまで惹きつけられる。

それは惚れた欲目なのか、はたまた雨月が誰にとっても特別な存在なのか。

「千賀先生、こんな早くにどうしたんですか？」

雨月の問いに、

「プライベートで千賀先生はやめてくれよ。その呼び方、学校だけにしてくれないかな、古幡理事長」

言うと、雨月が眉を顰める。

自分だって理事長と呼ばれるのは嫌いなくせに。公の場では甘んじて流しているが、プライベートでは必ず拒否反応を示す。

肩書きに実が伴わない。年齢からしてむしろ当然のことなのだが、親から引き継いでしまった肩書きは雨月の一存でどうこうなるものではなかった。

生真面目で公私混同を嫌う叔父の良造の影響なのか、雨月もだらしないことを好まない。実が伴わない肩書きを、どうしても受け入れることができずにいる。

そんなところも、いとおしい。

「なあ雨月、俺の第一希望は隼斗だよ」

呼び捨ては特別だから。

幼い頃は〝隼斗お兄ちゃん〟と呼ばれていた。さすがに今は血の繋がりもないのにお兄ちゃん呼びはあり得ないが、

「それが無理なら百歩譲って、隼斗さん、もしくは隼斗先生、かな」

どう呼ばれるにしろ、いかんせん千賀先生は遠過ぎる。しかも学園長である父親も、厳密には千賀先生だ。――誰もそうは呼ばないけれど。

呼び方の変更を了承するつもりはないという意思表示なのか、くるりと背中を向けて黙々と勉強机の教科書をスクールバッグへ移し始めた雨月の、半袖から伸びた二の腕の柔らかそうな内側を、つい、指で触れると、雨月は驚いたように腕を引き、

「いきなり触るのはやめてください」

と、隼斗を睨んだ。

「ごめん。じゃあ前以て断るけど、キスしてもいいかな」

訊くと、雨月は困ったように視線を泳がせる。

これだから、好かれているのかそうでないのか、わからなくなる。だが告白されたのは隼斗の方だ。大学時代、付き合っていた彼女とデートの最中にたまたま雨月と遭

遇し、その後ひどく不機嫌になられて、理由を問い詰めたらそういうことだった。

隼斗さんが他の誰かと仲良くしていると落ち着かないんです。

——あれは告白、だよな。

「俺たちって、付き合ってるんじゃなかったっけ？」

きっかけは他愛(たあい)のないものだったが、一度気になり始めるとやたらと雨月が気にな
って、年齢差とか性別とか、それらもどうでもよくなって、おそらく今は、隼斗こそ
雨月にぞっこんなのである。

今更好きではないと言われたら、……こんな子ども相手になにやってるんだと我な
がら呆れるが、それでも、

「多分、付き合ってると、思います」

雨月の返答に天にも昇る心持ちになる。

よし。ならばと、

「じゃあハグは？」

大きく両腕を広げて見せると、

「別の日でもいいですか？」

と返された。

それは、婉曲に断られたのか？　それともただの延期か？

「──別の日？」

「今日、学校が終わってから、病院に行くことになったんです」

雨月が胸に手を当てて、隼斗もようやく理解した。

「あんまり調子よくなかったんだ？　ごめん、不意打ちは心臓によくなかったよね」

と同時に、反省した。

常に淡々としている雨月には、そうせざるを得ない事情がある。人並み以上に健康な自分は、たまにそれらを失念する。おふざけが命取りになることが、雨月の場合、とても身近な出来事なのだ。

「あまり調子がよくないなら、お稲荷さんのお祭り、今年はやめておいた方がいいのかな」

地元での数少ない賑やかな祭り。幼い頃は雨月の一家と千賀の一家で浴衣姿で繰り出したものだ。

あの頃は、ただただ楽しいイベントだった。雨月の両親が亡くなって、それからは隼斗と品子が雨月を誘った。大きくなるにつれ、それぞれにコミュニティができていたものの、この祭りだけは三人で出掛けた。

その祭りが次の日曜日。

「今日の診察結果によりますが——」

「品子も雨月と一緒に祭りに行くの、楽しみにしてるよ」

言うと、雨月が嬉しそうに顔を上げる。

「そうなんですか？」

訊き返されて、言葉に詰まる。

一抹の不安。もしくは懸念。

もし、遭遇したのがデート中の品子だったとしたら、雨月は、品子に対しても同じことを告げたのではあるまいか。

品ちゃんが他の誰かと仲良くしていると落ち着かないんです。

自分と品子は雨月にとって、この年で桐嶺学園理事長などという肩書きを持たされている、幼くして大人たちの私利私欲剝き出しの闘いの中へ否応無しに投げ込まれてしまった雨月にとって、気の置けない数少ない存在なのだ。両親を失ってその上に、隼斗と品子まで失いたくない。——そういう、存在なのだ。

だが、はっきりさせたくない。

心細さに必死にしがみつく感情と、恋の嫉妬は別物だとわかってはいるが、はっきりなどさせたくない。

今となっては手放せない。

「雨月、病院、俺が送ってもいい？」

訊くと、しばらく考えてから、

「はい。よろしくお願いします」

雨月が頭を下げた。

良造が送ることになっていたのであろうが、それを押して、隼斗の申し出を受けてくれた雨月に、それだけで気持ちが上がる。

ちらりと覗く短い後ろ髪と襟の間の白いうなじに、乱暴にくちびるを這わせたい衝動に駆られる。雨月の心臓が健康ならば、無理矢理(むりやり)にでも体を繋いで自分に繋ぎ止めるのに。

雨月の感情は曖昧(あいまい)でも、隼斗の感情ははっきりしていた。

自分は、雨月のすべてが欲しいのだ。

砂利の敷かれた営業所の広い駐車場、陽介を含め社員全員がマイカー通勤をしているのだが、当然、砂利に線など引かれていないので到着順に隣の車と適当な距離を空けてとめるのだ。

バックで車をとめていると、窓を全開にした隣の車の運転席でバックミラーを使って真剣な表情で眉を描いてる女性ドライバーが、ふと、こちらを見て、

「お。おはようございます、加々見さんっ」

手のひらでぱっと額を隠し、挨拶した。——耳まで赤い。

しまった、ここは気づかぬふりをしておくべきだった。

後悔したが、先には立たない。

「おはようございます、小柳さん」

挨拶を返して、本当は昨日の高校情報のお礼を言いたかったのだが、この場から一刻も早く立ち去ってあげた方が今の彼女には喜ばれるに違いないと判断して陽介は、なるべく彼女を見ないように車を降りる。

「お先に」

と、行きかけた時、

「今朝、いつもより寝坊しちゃって」

彼女が言った。

「そ、そうなんですか?」

見るとはなしに見ると、彼女は額をしっかり手で隠したまま、

「妹を、昨日話した桐嶺に行ってる妹ですけど、今朝急に、学校まで送ってって頼まれたんですけど自分の方が遅刻しそうで、お化粧も間に合わなくて」

「ああ、それで車内で、ですか」

「……はい」

「僕がいると邪魔ですよね、それじゃあ――」

「みんなには内緒にしておいてくださいね」

被せるように慌てて付け足されたが、

「もちろん誰にも言いませんよ」

頼まれずとも、誰にも言わない。

通勤電車やバスの中でたまに化粧をしている女の人を見かけるが、その行為が平気な女性と、平気でない女性がいることは、幸いにして理解していた。平気な人はどこまでもあっけらかんとしているが、平気でない人は今にも穴を掘って潜りかねないほど恥ずかしそうだ。

小柳さんは潜る方。

どちらかといえば陽介は、潜る方に好感を抱く。

昨日のアドバイスが早速役に立ったことは後で伝えれば良いし、もし迷惑でなければ桐嶺学園のことをもう少し詳しく教えてもらいたい。

砂利を踏んで営業所へ向かっていると、携帯電話が着信した。自分にかかってきたのかと立ち止まって通勤鞄(かばん)を開けようとして、

「はい、もしもし？　どうしたのお母さん」

どうやら着信は小柳さんの方だったようだ。

「え？　なに？　ちょ、落ち着いてってば」

いきなりの緊張した雰囲気に、陽介まで気持ちが冷える。

「うそ。——なんで？　どこの病院？　お父さんと車で向かってる最中なのね、うんわかった。私もすぐ行く」

病院？

陽介は彼女に駆け寄って、

「どうしたんだい？　家族になにかあったのかい？」

訊くと、彼女は額を隠していた手で携帯電話をぎゅっと握りしめて、

「私、送れば良かった……、会社、遅刻してでも、送れば良かった……」

「小柳さん？」

「妹が、真己が、交通事故って……」

震える声で言った。

「妹さんて、桐嶺学園の？」

「学校行く途中で、バスにはねられたって」

「バス⁉」

「救急車で病院に運ばれて、警察から家に連絡あって、それで両親も今、病院に」

気丈な口調で説明するが、その顎がずっと小刻みに震えている。

「小柳さん、そんな状態で運転しちゃ駄目だよ。僕が病院まで送るから、所長に伝えてくるからちょっと待ってて」

まばたきもせず睨むように前を見詰めている彼女に、言い知れぬ不安と闘う彼女に、

「きっと大丈夫だから、ね！」

強く伝えて、営業所まで全力疾走した。


「気分どうだ？」

訊かれて、

「ぐるぐるしなくなりました。もう、平気です」

品子は答えた。

「どれ。目、見せてみ」

返事をする前に、さっと手で前髪を上げられて、額がくっつきそうなほどの距離でじっと目を覗き込まれた。

「――よし。正常」

品子は急いで前髪を下ろすと、指で形を何度も何度も整えながら、

「あ、ありがとう、ございました」

礼を述べた。

頬が熱い。外が暑いから、ではなく。

日に焼けた、精悍な眼差しの、――この人、いくつくらいなんだろう？　制服を着てないから大学生かな、それとも同い年くらいかな。若くも見えるし、大人っぽくも見える。

住宅街のちいさな公園。東屋の背凭れのない長椅子に上半身だけ横になって、しばらくじっと休んでいた。熱中症になるには、早朝だったたし、水分だって不足している

とは思えなくて、だから熱中症ではないと思うけれども、――じゃあやっぱり貧血なのかな。

体のどこにも力が入らなくなって、自転車でスピードが出たままふらついて、そのままの勢いで地面(アスファルト)に叩きつけられるんだと思ってた。露出している所は全部、顔も腕も脚も傷だらけの血だらけになると思ってた。骨折するかもしれないし、頭を、打ち所を間違えたら、人生が終わるかもしれないなと、思ってた。

意識が遠退く一瞬にそれら全部を一挙に考えたのだから、死ぬ直前に走馬灯のように人生を思い出すという比喩(ひゆ)は、比喩ではなくて事実なのかもしれない。

でも自分が倒れた先は容赦ない地面ではなくて、誰かの腕の中だった。

『お前、目の焦点合ってないぜ、大丈夫なのか？』

ふわふわと体が運ばれて、そっと長椅子に横にされた。

「本当に救急車も、親に連絡も、しなくていいのか」

改めて男に訊かれた。

「貧血くらいで救急車は大袈裟(おおげさ)だし、親に余計な心配は、かけたくないんです」

品子は答えた。

だって、具合が悪くなったのはせいぜいが数分で、あのまま地面に激突していたらそれはかなりの惨事だが、今はまったく普通なのだ。

「でもそのうち、電話かかってくるんじゃねーの？　親か、学校から」

男が言う。

「学校!?　――あ」

もう朝礼が始まっているだろうか。朝練、完全にすっ飛ばしてしまった。

「大丈夫なら、俺は行くけど」

背中を向けた男に、

「まっ！」

「――ま？」

「ま、ってください」

どうしよう、こういう時は、どうすればいいんだろう。

「なに？」

「あ、――あの、アドレス、あ、携帯の電話番号、あ、えっと、改めてお礼がしたいんです。だから名前と連絡先、教えてもらえませんか」

「別にいいよ、礼なんて」

「でも」

「お大事に」

男はからりと笑うと、瞬く間にどこかへ行ってしまった。

「……うわ」

かっこいい。

ふと見ると、東屋の柱の一本に品子の自転車が凭せてあった。品子が無事なだけでなく、自転車まで無傷だった。それなりのスピードが出ていたはずなのに、あの人は品子を自転車ごと助けてくれたのだ。

「スーパーマン？　え。そういうこと？」

ステキ過ぎる。

こんなドラマみたいな出会いが、本当にあるんだ。精悍で、頼もしくて、爽やかで、あんなにかっこいい男の人が本当にこの世にいるんだ。

「なのに名前すらわかんない……」

品子の意気地なし。どうしてもっとちゃんと食い下がって訊かなかったんだろう。ああでも、あれで精一杯だった。自分としては、すごく頑張った、と、思う。

また会えればいいのに……。

ぼんやりと思った時だった、どこからか聞き覚えのある着信音が流れてきた。

「あっ！　いけない！」

慌てて長椅子から立ち上がり、――ちゃんと休んだおかげで、ふらりともしなかった！　自転車の前カゴのスクールバッグのポケットから携帯電話を取り出した。

画面に表示された『お兄ちゃん』こと千賀隼斗。

「はいっ、もしもし？」

出ると、

「無事か、品子!?」

切羽詰まった兄の声がした。

「うん。無事」

「今どこにいる」

「どこって、……公園？」

「どこの」

「わかんない。でも、駅から高校へ行く途中だよ」

「公園でなにしてるんだ、テニス部の朝練出てるんじゃなかったのか」

「学校行く途中でいきなり気持ちが悪くなって、通りすがりの人に助けてもらって、公園でしばらく休んでたの」

「だったらすぐに俺に電話しろよ！　今から迎えに行くから、なにか目印になりそうなもの、教えろ」

「だってお兄ちゃん授業があるでしょ？」

そろそろそれくらいの時間のはずだ。「私ならもう大丈夫だから、自分で行け――」

「いいから！　そこにいろ。じっとしてろ」

いつにない強い兄の口調に、

「……どうしたの、お兄ちゃん？」

俄に品子は不安になる。

「お前のクラスの小柳真己が、交通事故で病院に運ばれたんだよ」

「え――？」

真己ちゃんが……？

『救急車！　電話しろ！　早く！』

男の人の叫び声。さっきの、バスの――？

大きくて重たそうな車体の下を、心配そうに覗き込んでいた人々。横断歩道を渡ろうとした時に急に怖くなったあの感覚が、一瞬にして甦った。

品子はそこにしゃがみ込むと、

「やだ、お兄ちゃん、早く来て」

泣きそうな声で告げた。


「珍しいな、三十分の遅刻だ」

ブンさんがからかう。

どこからともなく警察署の屋上にふわりと現れたタケルは、

「桐嶺に夜警はいないんじゃなかったのか？　おかげで余計な手間がかかったぞ」

いきなりクレームを付けた。

「おかしいな。資料によれば、警備システムを導入してから夜警はいないはずなんだがな」

「じゃああれは誰だ。夜回りしてたぞ」

「夜回りか。あそこは学校用務員を採用してるからそれかもな。おはよう、タケル」

「おはようブンさん。遅れてごめん」

むくれていても挨拶は返すし遅刻の謝罪もきちんとする。――タケル、実に面白いヤツである。

「ああ、学校用務員？　それで鍵束持ってたのか」

「んで、どうだった」

「至って普通の、リッチな私立高校だったよ。怪しい部屋も怪しい気配もなかったね」

「――そうか」

「学校探っても、なんにも出てこないかもしれないぜ」

　タケルの牽制に、

「だといいんだがなあ」

　ブンさんが苦い顔になる。

「なんだよ」

「さっき交通の藤森から連絡もらって、また事故だ。桐嶺の高校生」

「ああ、バスの？」

「知ってたのか、タケル!?」

「ここに来る途中で通りすがりに目撃したんだよ」

「――タケルが目撃したってことは」

「そんな大ケガじゃないはずだ」

「そうか……。そうか！」

ブンさんはタケルの背中をばしんと叩くと、「ほんっとにいい奴だな、タケル！」

続けてばんばん叩いた。

「待て。げほ。俺、なにも言ってないぞ」

「どうやった？」

興味津々にブンさんが訊く。

タケルは面倒臭そうにブンさんを眺めると、

「バスの運転手の視線をロックして、車輪の方向を安定させて、高校生の顔を絶対に地面から上げさせないようにしたんだよ。どこか車体の下でかすったかもしれないが、車輪は体に乗ってないし、引きずられてもいないはずだ。奇跡的にほぼ無傷って、あれだよ」

事故のトラウマは残るだろうが、それは許容範囲内のものだろう。

「おおっ、さすが」

ブンさんが拍手する。

「でもあいつ、変だったぞ」

「あいつって、誰のことだ？」

「高校生。車体の下でじっと動かないようにさせるのに、難儀した。血液検査した方がいいぞ」

「クスリか？」

「そうそう、多分、そんな感じ」

「だが、……朝だぞ？　これから学校に行くタイミングで、クスリか？」

「だから、血液検査した方がいいって。あと──」

言いかけて、タケルは迷う。直後に助けた、同じく桐嶺の制服を着た自転車のあの子はどうだったのだ？　のような気もするし、ただの目眩なのかとも思う。

「あと、なんだ？」

「いや、いい」

「そうか。遅刻の理由はそういうことだったのか。そんな遅刻なら大歓迎だ。ありがとうな、タケル！」

「礼はいいから血液検査。急がないと体内で分解されて、痕跡なくなっちまうかもしれないぜ」

「わかったよ」

ブンさんは携帯電話で藤森を呼び出すと、依頼を手短に告げて通話を切った。「……それにしても、続くな、桐嶺」

「まあな」

古幡雨月。──病院の薬袋に書かれた名前。知りたくもなかった、アイツの名前。出会った直後に心臓が止まりかけるとか、本当に冗談じゃない。死なれてたまるか。絶対に。

「ところでタケル、そのうち陽介が打ち明けるだろうが、どうやら陽介もお前を高校に行かせたいらしい」

「──はあ!?」

「この街に、できれば長くいたいそうだ」

「そんなこと、俺には一言もっ！」

「つい最近、そういう心境になったんだそうだ」

「──つい最近？　なんだそれ」

「高校は嫌いか？」

「好き嫌いの問題じゃねーよ」

「だが行ったことは、ないよな」

「……なくはない」

「そうなのか!?　驚いた。へええ、どんな高校だ？」

「いくつかあるが近いのだと、近いったってかれこれ十年くらい経つけどな、桐嶺の山奥バージョンみたいな高校だよ。やたら広くて、古めかしくて。そっちは男子校でいたのは一年きりだったが、そこに、すげー奇妙な奴がいて」

「タケルに奇妙と言われるとは。そりゃ、相当だな」

ブンさんが笑う。「なあ、桐嶺が嫌なのか？　学校に三年通うのが嫌なのか？」

「桐嶺」

即答したタケルに、ブンさんは溜め息を吐いた。

無理強いはしない。

「なあタケル」

約束は守る。だが、「桐嶺に近づきたくない理由が例の思い人だとしたら、こんな偶然もないもんだと俺としては驚くばかりだが、だがなタケル、もしクスリが本当に桐嶺の中で密かに蔓延（まんえん）していたならば、タケルの思い人がその犠牲にならないとも限らないんだぞ。それについては、どう思う」

「化け猫？　って、怪談とかに出て来る？」

「用務員のおじさんが昨夜見たんだって！　目が金色に光って、第一校舎の一階から三階までひょいっと跳び上がったんだって」

「怖ーい、なにそれー」

「えー。見間違いじゃないの？　いないでしょ、化け猫とか」

「最近事故が続いてるのって、その化け猫が原因とか？」

「あっ！　猫の祟(たた)りとか？」

「それ、ありそう。誰か野良猫いじめたりしたんじゃない？」

「やめてよー、夢に見そうだから、あんまりそういう話で盛り上がらないでよー」

怖がりつつも、クラスの女子がハイテンションで化け猫話に花を咲かせている。

「ね、ねえ雨月くん」

その中のひとりが勇気を振り絞って、雨月に声を掛けた。「学校に化け猫が出たとかいう噂が流れてるんだけど、ホントのところはどうなのかな？　理事長として、なにか知ってる？」

昼食後、ひとり静かに午後の授業の予習ノートに目を落としていた雨月は、そう訊かれて顔を上げた。だが目が合うと、女子が咄嗟に視線を外す。

また、これだ。

話しかけられてもすぐに目を逸らされる。話しかけられたのは雨月なのに、反応すると避けられる。この状況には慣れている雨月だが、とはいえ傷つかないわけではない。避けるくらいならいっそ話しかけないでくれと思うのだが、腹を立てるわけにもいかない。

よほど自分は皆から疎まれているのだな。原因は自分の性格か、それとも理事長という肩書きのせいか？

考え始めると気持ちが沈んでしまうので、極力いろいろ気にしないよう努め、

「その報告を受けて校舎の中を調べてみたけど、化け猫はいなかったよ」

穏やかに雨月が答えると、

「え？　えっ、雨月くんが自分で調べたの⁉」

　彼女は驚いた弾みでうっかり雨月を凝視してしまった。そしてばっちりと目が合った。――雨月くんと目が合ってしまった！　途端にやたらと気忙しくなる。遠くからならいくらでもガン見できるのに、近くでは無理だ。綺麗過ぎて直視できない。

　そこへ、

「えええっ！　雨月くん、化け猫見たの⁉」

　ここぞとばかりに（大勢ならば心強いという心理で）皆が雨月へと大挙する。滅法近づき難い桐嶺の君。これは千載一遇の好機である。

「どんなだった？　教えて雨月くん！」

　瞬く間に女子に席を取り囲まれ、

「化け猫って尻尾の先がふたつに割れてるってホント？」

「巨大なの？　それとも普通の猫のサイズ？」

「化け猫って油をなめるのよね。学校だと狙われるのはやっぱり調理室なのかな」

　矢継ぎ早に質問する好奇心に満ち満ちた女子たちに四方八方から見下ろされ、いつにない展開に雨月は静かに動揺する。

「見た、ではなくて、いなかったと、さっき」

「いなかったの？」

「なあんだー、残念！」

「でもそれにしてもすごいなあ雨月くん。用務員のおじさん、怖くて腰を抜かしちゃったって言ってたのに、雨月くん調べに行ったんだ」

「うわあ、かっこいい」

「いや、そんなんじゃ」

単におじさんの話を信じてなかっただけで。それに——、結局、発作を起こして、そのおじさんに自宅まで付き添ってもらったのだ。

おじさん、その件は、皆には話さないでいてくれたんだ。

その時、授業開始のチャイムが鳴った。


「——弱ったねえ」

ブンさんが言う。

「……弱りましたね」

藤森が溜め息を吐く。

お決まりの給湯室、換気扇のスイッチもオン。

小柳真己の血液からは（念の為に尿検査までしたのだが）、幻覚を誘発するような成分はこれっぽっちも検出されなかった。

「元々なかったのか、時既に遅しだったのか、どっちかねえ」

「どっちでしょうね」

藤森は繰り返して、「どのみち、もし使用されているとしてもかなり微量だということですよね、ブンさん」

「そうなるなあ。——あんまり大声じゃあ言えないが、少量なら薬、大量だと毒、体質によっては薬、合わなきゃ毒、そういうのは、そのへんに転がってたりすんだよなあ。空き地に生えてる雑草とか山道の脇に群生しとるとか」

「そういうのとは、毒キノコみたいなものですか？」

「そうそう。体質と量によっちゃ命に別状はないしアウトだと呆気なくアウトだ」

「ということは……？」

「検査で明らかにされた成分に、食物アレルギーみたいにな、毒じゃないけどそいつにとっては毒になる、てなもんまで含めると、売人が扱うヤクの方がまだ始末がいいってことだよ」

「出所がわかりやすくて対応がしやすいって意味で、ですか？」

「敵そのものが厄介でも、ターゲットは絞りやすいだろ。——今回のはなあ、雲を摑むような話だもんなあ」

「ブンさんは、どう見てます？」

「間違いなく犯人は素人。単独もしくは少人数。で、下手すりゃ桐嶺の生徒だろ」

「——生徒、ですか。そう読みますか」

藤森は俯いて、「高校生がこういうことをする動機って、なんなんでしょうね？」

「さあな、そりゃ本人に訊くしかあるまいよ。もし犯人がいるとして、だがな」

「あれですね、満月の日に事故が多い、に匹敵するくらい、信じる人と信じない人が分かれるような事故ですよね」

統計的な裏付けがあるとしても、正確な因果関係は証明できまい。

「俺たちは勘ぐってるが、本当に自殺のような事故の連続かもしれないからな」

どちらともつかない、曖昧な事故。

人が勧善懲悪を好むのは、現実が曖昧だからだ。事故も事件も、曖昧だらけだ。高校生が事故に遭った、その事実ははっきりしている。だが、まつわる様々なことは曖昧である。曖昧は人を不安にさせる。白黒はっきりつけたいと望むのは、ある種、人間の性(さが)なのだ。

「ただ、引っ掛かるんですよ」

藤森の呟きに、

「俺もだよ」

ブンさんは同意する。「事情聴取でなんて言ってたんだっけ、今朝の子」

「急に立ちくらみがして、倒れた先がバスの前だったと」

「目撃者の証言は例によって、ふらっと飛び出しただよな?」

「はい、そうです。バスの運転手も突然バスの前にふらっと飛び出してきたと言ってました」

「ふらっと、か。立ちくらみっぽいといえばそうだがなあ。——自殺の動機や願望は?」

「確認しましたが、本人はないと言ってますし、家族もその点は否定してます。それと、特に病歴もないですし、立ちくらみの原因は、昨夜遅くまでテレビを見ていたので睡眠不足からではないかとのことでした」

「ふうむ」

ブンさんは腕を組むと、「被害者に、本当に共通項はないのかねえ」

「共通項、……ふらっと飛び出す以外の、ですか?」

「そういうふわっとしたやつじゃなくて、もうちっとがちっとした、俺たちが正式に動けるくらいのなにかがさ」

「でしたら今回の件、裏で例のアレが動いていないという前提で、上に潰されないであろう前提で、いっそ現段階で表に出しますか？　多人数で調べればなにか出るかもしれないですし」

「確かに関係はなさそうなんだが、どうかねえ」

「もう少し、様子を見ますか？」

「そうだなあ……」

『――だがなタケル、もしクスリが本当に桐嶺の中で密かに蔓延していたならば、タケルの思い人がその犠牲にならないとも限らないんだぞ。それについては、どう思う』

あの問いに無言で立ち去ったタケル。

果たしてあいつは動くだろうか、それとも、それでも拒否するだろうか。

『クスリか？』

『そうそう、多分、そんな感じ』

どんなに冗談めいた口調でもタケルの〝多分〟は外れない。

「……ブンさん？」

「悪い藤森、もちっと時間もらえるか？」

動けよタケル。動いてくれ。


授業開始のチャイムが合図となって、取り囲んでいた女子たちがばらばらと各自の席に戻ってゆく。彼女たちは実に名残惜しげだったのだが、雨月はそれには気づかなかった。

別のところに気が行っていたのである。なんとなく、強い視線を感じた気がして、周囲を見回す。だが誰とも目は合わない。

興味本位で噂されたり物見高く見られたり、そういうことには慣れていた。不躾に見られても気にしない、いっそ感知しないで済むバリアのようなものを、いつしか身につけていた。にもかかわらず、それらを擦り抜けて届いた視線。

見られるとたいてい嫌な気分になる。どんな動機で見られていても、そこに誠実さは欠片もない。自分本位の身勝手さばかりだ。

なのに、

「あれ……？」

唐突に頬に涙が流れて、雨月は俯き、指の腹で素早く拭った。

どうして涙が出るんだろう？

理由がないのに、胸の奥があたたかい。あたたかくて、少し苦しい。

雨月は改めて周囲に視線を巡らせた。窓の外にけっこうな距離を挟んで隣の校舎の屋上が見える。そこに、誰かがいたような気がした。

チャイムが鳴り終わる頃に教師が教室に入って来た。――五時間目が始まるタイミングで、あんな場所に誰かがいるとは思えないのに。

そもそも今は、すべての屋上が立ち入り禁止だ。

先々週、ひとりの生徒がふざけて屋上のフェンスを乗り越えようとしたからである。しかも、乗り越える手前で金網に掛けた足を滑らせて屋上のコンクリートに落ち、片方の腕を骨折してしまった。

だがその程度で済んで幸いだった。四階の屋上から外へ、地面に墜落していたら、腕の骨折どころではない。

今朝も品子のクラスの女子が登校途中にバスに轢かれたと聞いている。そちらも幸いなことに軽傷だったそうなのだが、昨夜の自分の発作といい、こんなにトラブルが続発しては、女子たちの噂話ではないけれど、ひょっとして桐嶺はなにかに祟られているのではあるまいかと疑いたくなる。もちろん化け猫のせいにする気はないが。

非科学的なものを進んで信じるタイプではないけれど、でも。

雨月はもう一度、屋上を眺める。

誰かが自分を見ていた気がする。強く、あたたかな眼差しで。


五時間目、授業をしていた先生が、いきなり言葉を止めてぽかんと一点を見た。教室の後方、廊下側。

先生の視線の先を、釣られて皆も振り返ると、

「真己ちゃん⁉」

「小柳っ！」

「おお小柳だ！　マジ小柳だ！」

閉め切っていると暑いので開け放されていた教室の後ろの出入り口、そこから躊躇いがちに中を覗き込んでいた小柳真己に、生徒のほぼ全員が一斉に椅子からガタガタと立ち上がった。

立ち上がっただけでなくどどどっと真己を取り囲む。

「大丈夫？　ケガは？」

「もう学校来ていいの？　平気なの？」

今朝の事故については担任からざっくりと聞いていた。詳しいことはわからないが、先生は今から病院へ行ってくるから皆は余計な心配をしないようにと言い置かれて。放課後のホームルームでもっと詳しくわかるかと思っていたが、よもや本人が現れるとは！

「うん大丈夫、少し膝は擦りむいたけど」

ちいさな声で真己が答える。恥ずかしそうに。

担任からではなく噂で、真己ちゃんは奇跡的に無傷だったらしいと聞いていたが、所詮、噂は噂なので、皆、そうであって欲しいと願いつつもどこか半信半疑でいたのだ。

両膝に大判の絆創膏（ばんそうこう）。

「痛くない？　大丈夫？」

心配そうなクラスメイトに、

「うん、大丈夫。心配してくれてありがとう」

言いながら、真己は泣きそうになる。

いくら奇跡的に無傷でも（バスに轢かれたのに両膝を擦りむいただけならば、それは充分無傷のうちに入るであろう）、きっと、ものすごく怖かったに違いない。

なんとなく皆そう思ってはいたけれど、言葉にするのが憚られた。言葉にした途端に、それが本当に怖くて怖くてたまらないものへと悪化してしまいそうな気がしたからだ。泣くまいと懸命に気丈にしている真己を、いたずらに追い詰めてしまいそうな気がしたからだ。

そんな空気を読んでか、ただのマイペースなのか、

「小柳、無事で良かったな！」

安堵して先生が言う。言って、「感動の再会はここまで！　ほら席に着け。授業続けるぞ！」

皆を席へと追い立てる。

「真己ちゃん、早く！」

友人たちに手招きされて、

「うん！」

真己も自分の席に着いた。

いつもは文句を言ってばかりの硬くて座り心地の良くない椅子。けれど腰を下ろし

た瞬間、その硬さに心の底からほっとした。

日常が、戻って来た。


「――ならここで脱げよ」

命令されて、

「変態か、お前」

タケルは相手をぎろりと睨む。

都心から遠く離れた郊外の風光明媚な場所に建つ、真新しい研究所。開所からまだほんの数年ということもあり一般の知名度は低いものの、設備も人材も世界の最先端をゆく、知る人ぞ知る、施設である。その中庭で（要するに屋外である）、まだ二十代という若さで所長として研究所を率いている青年は、ここぞとばかりに、

「そうか。調べなくていいのならオレはもう行く。そんなに暇じゃないんだよ」

有言実行。あっさりと背中を向ける。

「悪かった！　冗談だ、ギイ！　これ頼む！」

タケルは着ていたTシャツを素早く脱ぐと、「この辺りなんだけどな」

範囲を指で示した。

今朝助けた自転車に乗った少女から、合成香料独特のイチゴの甘い匂いが仄かにしていた。あめ玉なのかガムなのかグミなのか、なにを食べていたのかは知らないが、受け止めた時に彼女の口元が胸に当たった。

もしかしたらその時に、イチゴの匂いのするなにがしかが口元経由でTシャツに移った、かもしれない。脱いだTシャツには染みも、移り香すらないが、僅かななにがしかがそこに残っている、かもしれない。

奇しくもブンさんと交わした高校の話題で思い出した、ギイこと崎義一。一年間だけだが山奥の全寮制の男子校に密かに紛れ込んでいた頃に、在籍していた留学生。その後、再会をした時にタケルは衝撃を受けた。

関わる全ての人間から自分の記憶を消したのに、コイツだけは、なぜか自分を覚えていた。——その後、再び記憶を消したのに、消えたことも確認したのに、やはりコイツはタケルを思い出していた。

天才と称される部類の男だが、アタマの善し悪しではなくて、ある意味、超常的な脳の持ち主なのかもしれない。

そう。実に気味の悪い人間なのである。

ギイは、タケルに示された辺りを触らないよう内側にして、Tシャツをゆるく丸めると、

「これのなにを調べろって？」

改めて訊く。

「薬物。なにが出るかは見当もつかない。出るか出ないかもわからない。出たとしても、唾液に混じってごくごく微量だ」

「難度高いな、タケル」

「でも、できるだろ？」

「まあな」

軽く肩を竦めてギイが笑った。「——で？　今はなにに巻き込まれてるんだ？」

「お前には関係ない」

「へえ」

突っぱねたタケルにゆとりのなさを感じた。「ま、だいたいの想像はつくけどな」

タケルが必死になるとしたら、例の恋人が絡んでいる。

「つくなら訊くな」

くそう。本当に、どうにもコイツは扱いにくい。

延々と存在し続けているタケルにはその都度、関わる人間がいる。その都度、去り際に自分との記憶を消してはいるが、過去の膨大な時間の中で、だが、友人と呼べる人間と過ごしたことは一度もなかった。

「引き受けるのはかまわないが、分析、警察では無理なのか？」

消しても消しても、コイツはタケルを思い出す。

「だったら誰がわざわざお前に頼むかよ」

そして、正体を知っていて尚、一度もタケルを恐れない。

「口が悪いな、相変わらず」

ギイが笑う。

「お互い様だ」

タケルはふっと息を吐くと、「お前のとこで駄目なら完全にお手上げだ」

目線を外した。

突き放した口調ながら、その意味するところ、

「そうか」

即ち、世界広しといえどここが最高峰であるとの遠回しのタケルの評価に、相変わらず言い回しが素直じゃないなと呆れつつ、「わかった。急ぐんだろ？　最速でやら

せるよ」

言うと、
恩に着る。

風の中で音が霞んだ。

「……ったく、文字通り神出鬼没だな」

煙のように消えたタケルと、残されたTシャツ。「しまった。脱がせたまま帰らせてしまった」

替えのシャツ、貸してやれば良かったかな。

と思ったが、夏だし、夏でなくてもどうせタケルは風邪をひかないし、上半身裸のままでもまあいいかと結論付けた。


放課後の教室、部活や帰宅や委員会やらでどんどんクラスメイトは減ってゆくのに、真己はなにをするとはなしにいつまでも椅子に座っていた。

奇跡の生還の五時間目から、隙を見つけては事故について質問の嵐であったのだが、それも今は落ち着いている。

「真己ちゃん、まだ帰らないの？」

朝のバス停にいた時と同じく、ぽつんと心細げな風情の真己に品子が声を掛けると、真己はちいさく笑って、

「……うん」

ちいさく頷く。「品ちゃんこそ、部活は？」

「へへへ。今日は家庭の事情でサボりです」

今年もインターハイ県大会止まりだった桐嶺学園女子硬式テニス部。七月の現在は既に三年生は引退していて、二年生主導で新しい部の雰囲気作りに励んでいる最中で、先輩たちの為にも自分の為にも部活を休みたくはないのだが、今日は朝練を含め、全敗である。

「わたしも家庭の事情だよ」

真己が言う。「お母さんに、今日は車で迎えに行くから、着くまで教室で待ってなさいって言われてるんだ。まだケータイに着信ないから」

「そっか」

品子は真己の前の席の椅子にすとんと座ると、真己を振り返り、「ごめんね。私、もう少し真己ちゃんとあそこで話してれば良かったね」

どうせ朝練には遅刻どころか不参加だったのだから。

「ううん」

真己は首を横に振ると、「そしたら品ちゃんを巻き添えにしてたかもしれないから」

「そんなことないよ」

言って、「でも私も、あんまり当てにならなかったかもなあ。あの後ね、信号渡ってる時に急に具合が悪くなっちゃって、通りすがりの人に運良く助けてもらったんだけど、そうじゃなかったら私、道路に顔面直撃だったかもしれない」

「――そうなの？」

真己が驚く。驚いたまま、「あのね品ちゃん、わたしね、わたしも急に具合が悪くなったんだ。警察の人には立ちくらみしたって説明したんだけど、本当は急に全身から力が抜けてね、眠たくてたまらないみたいに頭がぼんやりしてね、突然そんなふうになっちゃって、その時にすごく変なものが見えて、怖くて逃げたの。でもその変なものって、後で考えたら昨夜見たアニメの怪物だったの。そんなもの、現実にいるわけないのに、でもその時はちゃんと見えてたの」

「真己ちゃん、もしかして幻覚を見たの？」

「――あ。あれ、幻覚なのかな」

「それか、幻視？」

「幻覚と幻視って、どう違うの？」

「詳しくはわかんないけど、つまり錯覚ってことだよね」

「錯覚かあ……」

真己は真剣な表情になると、「品ちゃん、これって病院でちゃんと診てもらった方がいいのかな？　でもわたし、頭がおかしいって思われるの、すごく怖いんだ。だから警察の人にも話さなかったんだ」

品子はしばらく考え込むと、

「ねえ真己ちゃん、なにか変だと思わない？」

と訊いた。

「え。品ちゃん、わたしのこと変だと思うの？」

「ううん、そうじゃなくて、つまり、私たちふたり同時にってことじゃない？　ふたりが同時に急に具合が悪くなるって、変だよね？」

「——あ」

真己が手を口に当てる。

品子は自分のスクールバッグに視線を向けると、

「今朝のあめ玉が原因かな」

と言った。「食べてすぐ、具合が悪くなったんだものね、ふたりとも」

「……そうかも」

真己は頷き、「でも、それって、どういうこと？　あめ玉で食中毒ってこと？」

「食中毒……。そうなのかな。どうなのかな」

わからないけど、すごく怪しい。

真己は自分のスクールバッグを不安げに見て、

「無事だったお祝いにって、さっき皆からお菓子たくさんもらったんだけど……」

……食べない方がいいのかな？　と、消えそうな声で続けた。

「でも普通、お菓子で食中毒って、ないよね？」

品子が言うと、

「うん、聞いたことない」

真己が力強く頷いた。

「だよね？」

じゃあどういうことなんだろう？

「……誰かに相談するべきかな？」

真己の問いに、

「なら、警察の人に話してみようよ」

それが一番、良い気がする。

「でもわたし、嘘ついちゃったからなあ。立ちくらみって」

「嘘じゃないじゃない。立ちくらみもしたんだから。もっと詳しく話したいんですけどって言ったら、きっと聞いてくれるんじゃないかな」

「でも、信じてもらえなかったら？　それどころか、わたしの頭がおかしいんじゃないかって疑われちゃったら？」

「真己ちゃん、私が証人だよ。大丈夫」

こんなことならあのセロファン、公園のゴミ箱に捨てずにおけば良かった。そしたらセロファンから、なにかわかったかもしれないのに。

兄の迎えを待つ間、怖さを紛らす為にスクールバッグの中身をせっせと整理した。意味もなく何度もハンドタオルをたたんだり、使用済みの丸めてあったティッシュをゴミ箱に捨てたり、そして例のセロファンも一緒にゴミ箱に捨てたのだ。

公園のゴミって、もう回収されちゃったのかな？

「ねえ品ちゃん」

ふと、真己が言う。「もし、あめ玉が原因でわたしたちが具合悪くなったとして、誰がそれ、品ちゃんのバッグに入れたのかな」

投げかけられた疑問に、品子はいきなり背筋が寒くなった。

そうだ。誰かが入れなければ、あめ玉は品子のバッグには入っていない。

品子は無意識に教室中を見回した。それがクラスメイトとは限らないが、誰かがあめ玉を入れたのだ。

目敏く通勤鞄をチェックされ、

「千賀先生、今日はやけにお早いお帰りですね」

廊下ですれ違った教師に、厭味まじりに声を掛けられた。

「やぼ用で、すみません」

謝る必要はないのだが、頭を下げておくと丸く収まる。

案の定、

「たまにはそんな日もありますよ。また明日」

と一転、和やかに見送られた。

教師稼業はなかなかハードだ。クラス担任も専任の教科も部活の顧問もその他の雑務も、すべてをこなして当然という。

「生徒のサボリは多少なりとも見過ごされても、教師は教師に厳しいからなあ」

こっそりぼやいて、教員用の昇降口へと向かう。

いくら学園長の息子でも、他の教員と同じく休日などあってないようなものだし、長期休暇も右に同じ。おまけに、異性同性にかかわらず生徒との恋愛はご法度である。

「千賀先生さようならー」

すれ違う生徒たちは無邪気なもので、

「おう。気をつけて帰れよ」

明らかに付き合っているであろうふたり連れを目にすると、正直かなり羨ましい。付き合っている以上、それは悲喜こもごもあるだろうが、バレたら進退窮まるなど と、少なくとも生徒同士であるならばその可能性は限りなく低い。

上履きを靴に履き替えて教員用の駐車場に向かうと、隼斗の車の前で既に雨月が待っていた。その姿を目にしただけで、気持ちが晴れる。

厄介なハードルも越えてみせるさ、雨月の為なら。

「雨月、待たせたかい？」

訊くと、

「家に荷物を置いてから来たので、そんなに待ってないです」

と言った。

「良かった。エアコンかけるから、品子が来るまで車内で涼んでてくれ」

通勤鞄から車の鍵を取り出そうとして、なにかが地面にころんと落ちた。「――なんだ？」

あめ玉？

隼斗は、透明なセロファンに包まれた青いあめ玉を拾い上げ、

「なんで俺の鞄にあめ玉が入ってたんだ？」

疑問に思いつつも、いつまでも雨月を夏の直射日光に晒しておくわけにはいかず、急いで車の鍵を開けると、恋人同士のシチュエーションとしては座らせたいのは助手席の一択なのだが、ここは安全を優先して後ろのシートに座らせ、エンジンをかけてエアコンを強めにセットした。

雨月と付き合うようになってからずっと禁煙しているので、吸い殻のないきれいな灰皿に当座あめ玉を入れる。

ふと見ると、鞄にもうひとつ、青いあめ玉が入っていた。

お菓子大好きの品子なら、あめ玉みつけたラッキーと喜ぶだろうが、

「俺、甘い物、苦手なんだけどな」

隼斗は鞄からあめ玉を取り出して、「雨月、食べる？」

と、訊いた。


誰が、いつ、どんな目的で入れたんだろう。

そもそも、

「ねえ真己ちゃん、あれって市販のあめ玉だと思う？」

品子は今朝、初めて見た。

「どうかなあ？　でも市販のあめ玉って透明のセロファンに包まれたり、してないよね？」

「だよね？　一個一個に商品名、印刷されてるものね」

ならば私製か？

だが手作りにしては、工場できっちり大量生産されたような、やけにちゃんとしたあめ玉だった。味も、形も。

　ということは、誰かが市販のあめ玉を利用しておかしなあめ玉を作って、それを品子のスクールバッグにこっそり入れたのだろうか。

　でもどうして？

「仮に、私だけにあれを食べさせたかったとして、目的ってなんだろう？」

「わかんないけど、怖かった」

　真己が言う。「食べた途端、自分が自分でなくなっちゃったみたいで。わたしもう二度と、あんな幻覚見たくない」

「うん。私も」

　怖かった。

　助けられたから良かったけれど、あそこは横断歩道だった。あんな所で転倒して、地面に激突するだけじゃなくもし車に轢かれていたら？　わけのわからないまま取り返しのつかないことになっていたのかもしれない。

「ねえ真己ちゃん、やっぱり警察の人に話そう？　真己ちゃんとひとつずつ分けたから、あめ玉が変かもって私たちは気づけたけど、だからって私たちじゃどうすることもできないもの」

　いつの間にかスクールバッグに入っていたおかしなあめ玉。まるで白雪姫の毒リンゴだ。知らずに口にしてしまうと、とんでもないことになる。第一、童話の中でなら叶(かな)っても、現実には王子様のキスでは生き返れない。

現物も証拠もないけれど、

「わかった。話してみる」

真己が大きく頷いた時、真己のケータイが着信した。「あ。お母さんからメール来た。――正門のとこで待ってるって」

「じゃあまた明日、だね、真己ちゃん」

「うん、また明日」

と椅子から立ち上がった真己の雰囲気が、なんとなく、いつもと違う。

「――あれ?」

品子が不思議そうにすると、

「わかっちゃった? これ、実は冬服のスカートなの」

真己が恥ずかしそうに首を竦めた。「事故の時に着てた服は提出してくださいって警察の人に言われて。スクールシャツは替えがあるけど夏のスカートは替えがなかったから、冬のスカートはいてきちゃった」

「事故の時って、着てた服を警察に渡すの? え。それでちゃんと返してもらえるの？」

「わかんないけど、だからお母さんが、今日帰りがけに夏のスカート作りに行くからって。でもできてくるまでは冬服かなあ。生地が厚いから暑いけど」

――そうだ！

「真己ちゃん！　お古でよければ私、そっこーゲットするよ！」

「いいよいいよ、悪いもの」

「悪くないよ。なんたって私、学園長の娘なんだから、夏のスカートの一枚や二枚、さらっとゲットしてあげる」

「――品ちゃん」

学園長の娘とか千賀先生の妹とか、言われたり贔屓されたり特別視されたり、そういうこと、嫌いなのに品ちゃんてば。

「ね？　……それくらい、協力させて？」

品子が真己のシャツの端をそっとつまむ。

「うん。ありがとう、品ちゃん」

優しいなあ、品ちゃん。

じゃあね。と教室を出て行く真己の背中を見送りながら、品子は品子で自分の携帯電話が着信していることに気がついた。

兄からの『早く来い、いつまで待たせる気だ』メール。

「やばいっ！　忘れてた！」

急いで教室を飛び出して、昇降口経由で待ち合わせの教員用駐車場までダッシュする。

『ねえ品ちゃん、もし、あめ玉が原因でわたしたちが具合悪くなったとして、誰がそれ、品ちゃんのバッグに入れたのかな』

走りながらふと脳裏に甦った真己のセリフ。

誰が、それ。

品ちゃんのバッグに。

「……私、誰かに恨まれてるのかな」

あんなあめ玉を食べさせられてしまうくらい、どこかの誰かに恨まれているのだろうか。

勝手にモバイルが立ち上がり、勝手にソフトが立ち上がる。

木更津はぎょっとして、急いでブンさんの机からモバイルを自分の机へと移動させた。

「主がいない時に送ってくるなよー、頼むよタケルー」

たまたま自分が席に着いていたから良かったものの、他の誰かに見られたらすわハッキングかと騒ぎになるぞ。

タケルからのメールの文章。

「んー？　なんだ？」

例によってカタカナのみで、

『ブンセキケッカ。ヒヨスチアミン。スコポラミン。アトロピン。ホカ。』

「……なんだ、これ」

意味不明ながらも木更津は、「やば。これ、そのうち消えるんだった」

急いで手帳にメモを取る。

ブンさん、タケルになんの分析を頼んでいたのだ？　というか、分析はこっちの仕事である。むしろこっちが頼まれるべき側である。

釈然としないながらも書き写し、ついでに自分のデスクトップで検索する。

ホカ。はなんのことやらなのだが、残りの三つに該当するのは、

「チョウセンアサガオ。別名、曼陀羅華（まんだらげ）」

――マンダラゲ……？　どこかで聞いたことがあるような……。「ああ、かの華岡（はなおか）青洲（せいしゅう）の全身麻酔のやつだ」

だがしかし。華岡青洲がどうしたのだ？

やがてタケルからのメールがじわりと消えた。木更津はぞわぞわを我慢しつつブンさんの机にモバイルを戻すと、自分の携帯電話でブンさんを呼び出す。

数度のコールの後、留守番電話のメッセージが流れた。

「もしもし、木更津です。さっきあいつからメールが来てました。詳しいことはブンさんのケータイにメールします」

伝言を残して、早速メールを作成する。

フリックで素早く文章を入力しつつ、

「曼陀羅華ってけっこうな毒性がある割に、その辺に生えてる雑草なんだよな。確か、園芸用として一般家庭でも育てられてる植物だよな」

そんな情報を、なぜにわざわざタケルがメールしてくるのだ？

しかもブンさん不在のこのタイミングで？

「さては、ブンさんの真似をして、俺をこき使う算段だなタケル」

というのは冗談だとして、不可解だ。もしかして、ブンさんが昨日から交通第二課の藤森と密かに探っている事件、それとなにか関係があるのか？

ブンさんがいないと承知の上で、だが木更津はいると承知の上で、タケルがあれをここに送ってきたのだとしたら、

「これを、俺が、ソッコー藤森さんに伝えろってことなのか？」

そうかもしれないし、そうじゃないかもしれないが、どのみち木更津がいなければ誰にも読まれずに消えていたメール。

木更津は椅子から立ち上がると、

「確認したくてもブンさんが電話に出ないのがいけないんですからね」

屁理屈(へりくつ)をつけて、交通第二課へ向かった。

「あああ駄目だよ雨月くん……」

三階の教室のベランダから大きく身を乗り出して、教員用の駐車場を見下ろす。

「その車に乗ったら駄目だ」

どうしてきみが、千賀隼斗の運転する車に乗るんだい？

止めないと。

降ろさないと。

今すぐ助けないと、僕の雨月くんが事故に巻き込まれてしまう。


「遅い！　時間厳守と言っておいたはずだぞ品子！」

車の前で怒りの形相で仁王立ちしている兄の隼斗へ、

「ごめんなさいごめんなさい待たせて本っ当にごめんなさい！」

謝罪を畳み掛けると、隼斗は後ろのドアを開け、

「いいから早く乗れ」

と、品子を急かした。

隼斗に押し込まれるように後部座席へ乗りかけて、

「——あ」

品子は瞬時に固まった。奥に、雨月が座っている。

そこにいるだけで周囲の空気が澄んでいくような清涼な雰囲気を持つ雨月。男子なのに、桐嶺学園の少なくない女子の誰よりも綺麗な顔立ち。——隣に座るの、私？

アイドルに負けないくらい可愛いと母は親の欲目で言うが、百歩譲ってそうだとしても、雨月にはどうにも敵わない気がする。

いや。張り合う必要性はこれっぽっちもないけれど。

片足をかけたまま躊躇(ためら)っていると、

「おい品子、いい加減にしろ！」

兄が大声でどやしつけた。「さっさと乗らないと、雨月の診察の予約時間に間に合わなくなるだろ！　というか、お前も今朝の件で診察受けるんだからぐずぐずする

な！」

そして背中をぐいぐい押された。

「わかったから、お兄ちゃん無理に押し込まないで！　雨月さんにぶつかっちゃう！」

言うと、兄が力を弛(ゆる)めた。

仕方なく、雨月と並んで後部座席に座る。——真横かぁ。


千賀隼斗が運転席のドアを開けた。

「まずい。まずいよ……」

どうしよう。どうやったら、雨月くんを助けてあげられるのだろう。

かけられたままの車のエンジン、

「叫んだら、聞こえるかな」

いや、無理か。エアコンを効かせる為か、窓が全部閉まっている。

雨月くん、その男の運転は危険だ。その男は、とても危険だ。

なんとかきみだけ、助けたい。

「ああ、どうしよう……」

そうこうしている間に、車がゆっくりと動き出す。

「久しぶりだね、品ちゃん」

親しみを込めて雨月が言った。

「ご無沙汰してます、雨月さん」

親しみを感じてもらえるのは嬉しいけれど、

「同じ校内にいるのに、意外と会わないものだよね」

「一年生と二年生、校舎が違いますから」

ちいさい頃のように、くだけて接するのは難しい。

「たまには家に遊びに来てくれればいいのに」

「……じゃあ、今度伺います」

「楽しみにしているね」

どこまでもにこやかな雨月と、ぎくしゃく全開の品子。

母がおかしな期待をせずに、父がおかしな野望を持たずにいてくれたら、品子だって変に雨月を意識せずに、もっと普通に接することができる、かも、しれない。

自信はないが。

雨月くん、きみに害を為す人は、僕がみーんな葬ってあげるね。

ひとり残らず、懲らしめてあげるよ。

ほら、見て。

誰かの悲鳴と車への衝撃と、どっちが先だったかはわからない。

いきなり車体が大きくバウンドして、ハンドルを取られた隼斗は急ブレーキをかけた。だが車は急には止まれず、急ブレーキと同時にスピンした。

品子は悲鳴を上げて、目を瞑る。

シートベルトをしていたおかげで、どこにもぶつからず、車外に放り出されることもなかったものの、

「……今の、なに？」

反射的にきつく瞑っていた目を、品子が開けようとした時に、

「品子！　見るな！　目を閉じてろ！」

隼斗が叫んだ。と同時に、品子の顔を覆い隠すように雨月にぎゅっと抱きしめられた。

何事が起きたのか、だから品子にはよくわからなかった。

隼斗が車の外に出る。

外に段々と人が増え、洩れ聞こえる先生たちの声が皆揃って動揺している。――待って。生徒が上から落ちてきたって、どういうこと？　だったら、さっきの車体の揺れはもしかして――。

悲惨な光景が脳裏に浮かび、ひゅっと息を呑んだ品子へ、

「大丈夫だよ。ぼくがついてるからね、品ちゃん」

雨月の、いつもと変わらぬ柔らかい声が届いた。

「……雨月さんっ」

「だから怖がらないで。泣かなくてもいいんだよ、品ちゃん」

優しく頭を撫でられて、品子は必死に雨月にしがみついた。

# 終わりと始まり

飛び降りたのは二年生の男子生徒で、園芸部に所属している、古幡雨月に雰囲気がどことなく似た、線の細いメガネの男の子だった。同じ二年生ながら、雨月と直接の接点はない。

「犯人は、古幡雨月のストーカーだったってことですか？」

木更津が訊く。

この事件に関してはタケルのメールきっかけの途中参加なれど、全力疾走で、木更津はブンさんと藤森に追いついた。

火災の晩にタケルとぶつかって、その後、火災現場で雨月をじっと見ていたあの少年。その時からタケルが彼を怪しんでいたかは定かでないが、彼の携帯電話には、古幡雨月を盗み撮りした写真がとんでもない枚数入っていた。

「園芸部かあ……」

藤森がこれ以上なく口惜しそうに、「せっかく木更津から重要な手掛かりをもらってたのに、まったく活（い）かしきれなかったよ」

拳（こぶし）を握った。

「いや、展開が急激過ぎて、藤森じゃなくてもあの情報は活かしようがなかったぞ」

慰めるでなくブンさんは言い、「まあでもな、情報のおかげで裏はきっちり固められたし、なにより、三階のベランダから飛び降りたってのに一命を取り留められて良かったよ」

その場に居合わせた誰もが皆、即死だと思ったそうだ。よもや車体がクッション材代わりになるとは。

「タケル、そこにいたんですかね？」

已（すんで）のところを救われた、小柳真己の時のように。

「そいつはどうかわからんが、死なれたくはないもんなあ」

雨月に近寄ろうとする人を片端から狙って、クスリ入りのあめ玉を食べるようこっそりと仕向けていた犯人。園芸を通して得た知識と、学園の敷地内にチョウセンアサガオが野生していたせいで、犯行が可能になってしまった。少年の自宅の部屋に数個残っていた、押収されたあめ玉に含まれていたチョウセンアサガオの成分は、致死量でこそないが、強い意識障害を引き起こす危険なものだ。

彼は間違いなく犯罪者だが、それでも、死なれたくはない。

「自分の犯した罪をちゃんと自覚して、ちゃんと償ってもらいたいからなあ」

ブンさんの望みは、それだけだ。

それだけなのだが、難しい。自分の罪と真摯に向き合うことは、人によっては最期までできない。だが、犯罪は永遠になくならないが、どうにかわかってもらいたいのだ。犯罪はいけないことなのだと。いつか心の芯からわかってもらう為にも、生きていてほしいのだ。

「ま、大甘な理想論だけどな」


「さては本物の馬鹿だろ、タケル」

心の底から呆れられ、

「あれでいいんだよ。わかってねーなあ、ギイ」

タケルはタケルで悪態をつく。

おろしたての愛らしい小花模様の浴衣を着た千賀品子は、楽しそうに雨月と手を繋いで、あちこちの屋台を巡っていた。ふたりの後ろをつかず離れず歩いているのは、いかにも手持ち無沙汰な風情の千賀隼斗だ。

「美男美女だし、お似合いだけどな」

ギイは笑って、「微妙に三角関係の匂いがするのは気のせいか？」

預かっていたTシャツを返す。

「気のせいだよ」

即答して、「わざわざこんなところまで返しに来なくても、そっちで勝手に処分してくれてかまわなかったんだぜ」

受け取りながら文句をつける。

「返しついでにタケルの馬鹿っぷりを見物したかったんだ」

ギイはからかって、「――この世で一番大切な相手を他の誰かに譲るなんて、オレには到底理解できないね」

タケルの肩をぽんと叩いた。

「譲るも譲らないも、アイツが自分で選んだんだ」

千賀品子という女を。

タケルと出会って儚く命を散らせてしまうくらいなら、今の方がずっといい。お前がこれまでにない人生を歩めるのなら、俺は大歓迎だよ雨月。

「だがきっかけは吊り橋効果ってやつだろう？　それでくっついたカップルは、案外脆いぜ」

「大きなお世話だ」

肩に置かれたギィの手を振り払い、「お前らだって似たようなもんじゃねーか、吊り橋効果」

と、毒づく。

脆いのか、強靭なのか、行く先はどうなったとしても、車の後部座席で品子を守り抱きしめていた雨月は、タケルが初めて見る、少年ではない男の顔をしていた。

規模はちいさいながらも賑やかな地元の稲荷の祭り。

赤いヨーヨーをタケルにねだった、あどけない秋彦と重なるものは、今の雨月の中には欠片もない。

「おかげで、俺は俺で、やるべきことに集中できるよ」

タケルが向ける視線の先に、陽介と、陽介の会社の同僚の小柳梓と、その妹の真己がいた。

人間の人生は複雑である。どんなに最善を尽くしても、結局はむごい結末になってしまうのかもしれない。それでも、タケルは陽介の生涯に、タケルなりにとことん責任を取るつもりでいるのだ。

「タケルがいいなら、それでいいさ」

ギイは言うと、「じゃ、またな」

と数歩行きかけて、神妙な表情でタケルを振り返った。

「――なんだよ。おかしな顔しやがって」

「うちの研究所のスタッフが、ちらっと気になることを言ってたんだ。タケルの説明が事実だとすると、タイムラグが短いって」

「どういう意味だ？」

「チョウセンアサガオに限らず、なにかを摂取して効果が現れるまでには時間がかかるだろ？　チョウセンアサガオの場合、通常は三十分程度かかると言われてるらしい」

「三十分？　いや、ほぼ直後だったぞ」

「ってことは、もしかしたら、なにか加工されてたのかもしれないな」

「それは、園芸部の高校二年生でできるレベルのことなのか？」

「さあ？　人によるんじゃないか」

「――訊く相手を間違えたよ」

こいつなら高二の時点でそれくらいは簡単にやりかねない。

「できるかもしれないし、できないかもしれないし」

「あー、はいはい。だよな」

「ってことで、今度こそ、バイバイ」

消化不良の疑問を残し、ギイはするりと姿を消した。


「わ。加々見さんの弟さんて、かっこいいですね。お兄さんとぜんぜんタイプが違うんですね」

小柳梓は驚きつつ、「——加々見さん、弟さんて、本当に引きこもりなんですか？ものすごく活動的に見えるんですけど」

と遠慮がちに陽介に訊く。

「こう見えて、そうなんです。今日だってこんな時間になってようやく待ち合わせ場所に現れたんですから。ほらタケル、小柳さん姉妹にきちんと挨拶しなさい」

「初めまして、加々見タケルです。いつも兄がお世話になっております」

言われたとおりきちんと挨拶すると、

「いえいえこちらこそ、——こちらこそ本当に、お兄さんには姉妹揃ってお世話になってます」

小柳梓は恐縮しつつ、「私は姉の小柳梓で、これは妹の真己です」

紹介された真己は真っ赤になりながら、

「初めまして。真己です」

ぺこりと頭を下げた。

「なあタケル、せっかくの良い機会だから、タケルに話したいことがあるんだ」

改まった陽介の物言いに、

「良い機会ってなに兄貴、小柳さんと結婚するの？」

言うと、陽介は耳まで赤くなって、

「や、そういうことじゃなくて、ごめん小柳さん、こいつちょっとお調子者で」

陽介は慌ててフォローしつつ、「じゃなくて、高校のことなんだ」

「……高校？」

タケルが訝しげに陽介を見る。

『だがな陽介、最大の難関はタケルを高校に行く気にさせられるかどうかだぞ。あいつ兄に似ず勉強嫌いっぽいもんなー』

陽介は祈るような気持ちで、

「駅の裏手に、真己ちゃんが今通ってる桐嶺学園って高校があって、真己ちゃんの話だと人柄の良い生徒がたくさんいるし、先生もあたたかくて教育熱心なんだそうだ。もちろんタケルにその気があればなんだけど、もし良ければ、タケルもそこに通ってみないか?」

「いいぜ」

「いや、強制したいわけじゃないんだ。でも高校まではやっぱり出た方が良いし、文弘伯父さんも生徒手帳は身分証明書になるからおすすめ——。え?」

「行くよ、桐嶺」

「本当に?」

陽介の表情がみるみる輝いて、「やった!」

胸の前でぐっとガッツポーズを作る。

「やりましたね加々見さん!」

陽介と同じくらい、梓も真己も喜んでいる。タケルのことで、本気で三人が喜んでいる。

こういう景色は悪くない。

ああそうか、これってもしかして、しあわせってやつじゃないか？

雨月には品子がいる。
俺には、陽介とブンさんと、このふたりだ。

本書は、二〇一四年二月、小社より刊行された単行本を文庫化したものです。なお、この物語はフィクションであり、実在の人物及び団体とは一切関係ありません。

# 闇にあかく点るのは、鬼の灯か君の瞳。

ごとうしのぶ

平成29年 11月25日　初版発行
令和7年 2月25日　4版発行

発行者●山下直久

発行●株式会社KADOKAWA
〒102-8177　東京都千代田区富士見2-13-3
電話　0570-002-301（ナビダイヤル）

角川文庫 20653

印刷所●株式会社KADOKAWA
製本所●株式会社KADOKAWA

表紙画●和田三造



●お問い合わせ
https://www.kadokawa.co.jp/（「お問い合わせ」へお進みください）
※内容によっては、お答えできない場合があります。
※サポートは日本国内のみとさせていただきます。
※Japanese text only


ISBN978-4-04-104033-1　C0193

# 角川文庫発刊に際して

角川源義

第二次世界大戦の敗北は、軍事力の敗北であった以上に、私たちの若い文化力の敗退であった。私たちの文化が戦争に対して如何に無力であり、単なるあだ花に過ぎなかったかを、私たちは身を以て体験し痛感した。西洋近代文化の摂取にとって、明治以後八十年の歳月は決して短かすぎたとは言えない。にもかかわらず、近代文化の伝統を確立し、自由な批判と柔軟な良識に富む文化層として自らを形成することに私たちは失敗して来た。そしてこれは、各層への文化の普及滲透を任務とする出版人の責任でもあった。

一九四五年以来、私たちは再び振出しに戻り、第一歩から踏み出すことを余儀なくされた。これは大きな不幸ではあるが、反面、これまでの混沌・未熟・歪曲の中にあった我が国の文化に秩序と確たる基礎を齎らすためには絶好の機会でもある。角川書店は、このような祖国の文化的危機にあたり、微力をも顧みず再建の礎石たるべき抱負と決意とをもって出発したが、ここに創立以来の念願を果すべく角川文庫を発刊する。これまで刊行されたあらゆる全集叢書文庫類の長所と短所とを検討し、古今東西の不朽の典籍を、良心的編集のもとに、廉価に、そして書架にふさわしい美本として、多くのひとびとに提供しようとする。しかし私たちは徒らに百科全書的な知識のジレッタントを作ることを目的とせず、あくまで祖国の文化に秩序と再建への道を示し、この文庫を角川書店の栄ある事業として、今後永久に継続発展せしめ、学芸と教養との殿堂として大成せんことを期したい。多くの読書子の愛情ある忠言と支持とによって、この希望と抱負とを完遂せしめられんことを願う。

一九四九年五月三日